BITCH

BITCH
CAROL TEIXEIRA

1ª edição

EDITORA RECORD
RIO DE JANEIRO • SÃO PAULO
2016

CIP-BRASIL. CATALOGAÇÃO NA PUBLICAÇÃO
SINDICATO NACIONAL DOS EDITORES DE LIVROS, RJ

Teixeira, Carol
T265b   Bitch / Carol Teixeira. – 1. ed. – Rio de Janeiro: Record, 2016.

ISBN 978-85-01-10475-5

1. Romance brasileiro. I. Título.

16-31131   CDD: 869.93
                                   CDU: 821.134.3(81)-3

Copyright © Carol Teixeira, 2016

Modelo da capa: Agatha Mendes
Make e cabelo da foto de capa: Rachel Ramos

Todos os direitos reservados. Proibida a reprodução, armazenamento ou transmissão de partes deste livro, através de quaisquer meios, sem prévia autorização por escrito.

Texto revisado segundo o novo
Acordo Ortográfico da Língua Portuguesa.

Direitos exclusivos desta edição reservados pela
EDITORA RECORD LTDA.
Rua Argentina, 171 – Rio de Janeiro, RJ – 20921-380 – Tel.: (21) 2585-2000.

Impresso no Brasil

ISBN 978-85-01-10475-5

Seja um leitor preferencial Record.
Cadastre-se e receba informações sobre nossos lançamentos e nossas promoções.

Atendimento e venda direta ao leitor:
mdireto@record.com.br ou (21) 2585-2002.

"*Contra* a moral, portanto, voltou-se então, com este livro problemático, o meu instinto, como um instinto em prol da vida, e inventou para si, fundamentalmente, uma contradoutrina e uma contravaloração da vida, puramente artística, *anticristã*. Como denominá-la? Na qualidade de filólogo e homem das palavras eu a batizei, não sem alguma liberdade [...] com o nome de um deus grego: eu a chamei *dionisíaca*."

(Friedrich Nietzsche,
O nascimento da tragédia)

"The simulacrum is never that which conceals the truth — it is the truth which conceals that there is none. The simulacrum is true."

(Jean Baudrillard,
Simulacra and Simulation)

A todos que amei.

Versículo primeiro

Deleuze disse certa vez que, se você não captar o ponto de demência, o pequeno grão de loucura de uma pessoa, você não pode amá-la de verdade.

"As pessoas só têm charme em sua loucura: eis o que é difícil de ser entendido", disse o filósofo francês, já com 80 anos, em uma entrevista que só iria ao ar após sua morte. "O verdadeiro charme das pessoas está em quando elas perdem as estribeiras, quando elas não sabem muito bem em que ponto estão."

Le charme de la démence. Le grain de la folie. Conceitos tão familiares para mim. Vi isso anos atrás e nunca esqueci. E desde então tenho essa vontade de escrever um livro sobre o ponto de demência de alguém. Aquela zona turva na qual a racionalidade não chega, em que o corpo reage por si, sem a mediação da razão, dionisíaco, entregue — raso porque humano. Aquele momento em que toda a complexidade acumulada em uma vida de intelectualização fracassa: conceitos, certezas, categorias, palavras, tudo que te ensinaram é descartável diante dessa força primitiva e descontrolada.

Deleuze não disse isso, mas eu digo: o ponto de demência é o erotismo. Quando a matéria tão humana, tão subestimada, flerta com o incorpóreo, com o sagrado. A vertigem, a desordem que o obsceno traz, destrói a ilusão da posse de nós mesmos, gargalha na cara do nosso ego antes tão seguro, inabalável.

A supremacia desse caos traz uma das poucas transcendências possíveis nessa limitada existência terrena. Esse poder vem do corpo. Logo o corpo, tão desprezado pela moral socrático-platônico-cristã, que o sacrifica em prol da alma, das hipóteses metafísicas. O corpo como agente da maior transcendência que temos a nosso alcance.

Nada pode ser mais puro que isso. Nada pode ser mais sagrado.

Mas pare o julgamento que você está fazendo agora. Não se engane com esse início erudito e pretensioso.

Entre a metafísica e a putaria, eu fico sempre com a putaria.

Versículo segundo

"É tipo o Aldous Huxley no livro *As portas da percepção*, aquela hora que ele tá louco, sob o efeito da mescalina, ele fica olhando os livros e percebe que não deviam ser classificados por cores e tamanho, ele enxergava outras categorias que faziam mais sentido." Deu uma pausa para tomar um gole em sua taça do rosé Domaine Ott. Continuou. "Então, é meio isso que eu acho, que o mundo classifica as pessoas de acordo com as categorias erradas, tipo idade ou raça. Nas redes sociais, na vida em geral. Classificam errado. Nesses aplicativos ridículos de encontro, por exemplo, aparece Fulano, tantos anos. Sabe? As classificações deveriam ser outras…"

"Concordo", disse Renato, sentado ao seu lado. "Eu começaria dizendo que o mundo é dividido entre os que sabem o que é um vinho rosé Domaine Ott e os que não sabem, os que passam os verões aqui em Saint-Tropez e os que juntam dinheiro para ir para Trancoso. Não é uma boa categorização?"

Princess revirou os olhos. Às vezes tolerava esses comentários escrotos e metidos de Renato porque ele era um de seus melhores amigos. Nem ela sabia o porquê dessa amizade tão forte, mas o fato é que tinha algo de tão honesto no niilismo dele que as palavras, mesmo quando inadequadas, não chegavam a incomodar.

Os cabelos vermelhos de Princess reluziam ao sol da tarde de Saint-Tropez como em uma foto com a saturação exagerada no Photoshop. Sua imagem hiperbólica funcionava como uma antecipação de sua personalidade quase insuportavelmente densa. As unhas grandes pintadas de preto e os dedos cheios de anéis completavam o visual que dava a ela um ar meio misterioso, como se guardasse um segredo, um segredo não partilhado pelo bando de playboys solares ao redor. Algo que lhe conferia uma certa superioridade pela diferença.

"Não, Renato", disse ela, "acho que as divisórias são muito mais simples. Por exemplo: pessoas que riem quando não entendem a piada ou as que admitem que não entenderam; as que identificam a linha de baixo nas músicas ou só se ligam na melodia geral; as que lavam frutas e verduras que têm indicado 'pré-lavadas' na embalagem e as que acham que não precisam; as que digitam 'haha' depois de escrever algo engraçado nas redes sociais e mensagens e as que respeitam a dignidade do sarcasmo. Entre as mulheres, eu diria que as classificações são mais específicas ainda: as que usam touca de banho e as que não usam; as que dão risadinhas complacentes mesmo diante de uma cantada escrota e as que respondem mostrando que não curtiram. Ou, sei lá, mulheres que gostam de ouvir um 'goza na minha boca, putinha gostosa' e as que acham cafona. Enfim, são tantas as possibilidades de classificação, o mundo é muito mais complexo. Entende?"

"Cara, eu falando do melhor rosé da França e você vem falar de touca de banho e de gozar na boca, sua artistinha louca", e deu um beijo carinhoso no rosto dela. O resto da mesa riu, menos Anya, que se mostrou um pouco chocada com esse último exemplo. Anya era modelo, filha de pais russos, uma menina que fazia o gênero falsa santa. Fingia ruborizar ao ouvir esse tipo de comentário, mas tinha uma vida sexual que, em atividade, só perdia para a de Princess. Seu sotaque russo não se justificava, considerando que morava desde os 5 anos no Brasil, e se dizia vegana, embora estivesse ali comendo a famosa burrata do Les Palmiers. Tais incoerências eram tão frequentes que de certa maneira já consistiam numa coerência e ninguém mais questionava. Já estavam acostumados com o fato de seu discurso ser quase sempre desconectado de suas ações. Ao lado de Anya estava Verônica, melhor amiga de Princess, a única pessoa que, às vezes, a chamava de Valentina, seu nome real, em vez desse apelido tão afetado e irônico. Era mais quieta (apenas quando sóbria) e quando se alongava em algum discurso era para *dar a real* — sob sua perspectiva, claro.

Pediram mais uma garrafa magnum de Domaine Ott. O som no Les Palmiers começava a subir. A fama de ser um dos melhores lugares da Côte D'Azur era justificada porque dificilmente se via tanta gente rica e bonita reunida num mesmo ambiente. A atmosfera ligeiramente histérica causada pelo caráter afrodisíaco do poder era contagiante. Na mesa ao lado havia belas mulheres que podiam tanto ser patricinhas milionárias como putas de luxo. Impressionante a semelhança entre os dois grupos, pensou Princess. Parou de ouvir o papo cada vez mais eufórico de seus amigos e ficou observando as loiras ao lado. Uma ideia para uma exposição se esboçava, algo com fotografias na linha do trabalho de Cindy Sherman. Poderia fazer autorretratos nos quais estivesse coberta de símbolos clássicos de luxo, como aquelas meninas ali: uma bolsa Birkin ou uma Chanel de python, um Rolex, um biquíni de crocodilo Hermès, cabelos longos e bem tratados, um sorriso entre o inocente e o devasso. Disponível. O look seria o mesmo, mas a cena mudaria — cada foto teria sua dupla ao lado, mesma pose, mesma expressão, mas num cenário diferente. Uma sugerindo que era puta de luxo, a outra, uma patricinha.

Para Princess, muitas coisas do cotidiano serviam de inspiração para suas futuras exposições. Ela não chegava a botar as ideias em prática, sua primeira exposição seria no final daquele ano, mas se satisfazia só de imaginar — era quase como uma piada interna, sacaneando silenciosamente a realidade através da arte.

"Como seria sua descrição, Princess?", quis saber Verônica, interrompendo a digressão interna da amiga.

"A minha? Deixa eu pensar... Bom, eu obviamente não escrevo 'haha' depois de mensagem engraçada, não dou risadinhas complacentes diante de uma cantada e..."

"Ah, mas para aquele ali você vai dar, querida!", interrompeu Renato, lançando um olhar malicioso para o grisalho tatuado que se aproximava da mesa.

Era René, chef do L'Opera. A mesa toda se virou para olhar com sorrisos sacanas, pois sabiam detalhes sórdidos da história dele com Princess, detalhes que ela fazia questão de contar com precisão cirúrgica — para constrangimento de uns e excitação de outros.

René era o que se podia classificar como um cara quase metido. Seria apenas antipático se não tivesse aquele olhar dos homens que *sabem*, com uma segurança que confortava ao mesmo tempo que parecia dizer *I dare you*. Havia nele um ar bruto e sedutor, algo que dava vontade de se jogar sem saber aonde a queda levaria, como quem aposta sua última ficha de mil dólares na área VIP de um cassino, mas que está adrenalizado demais para pensar nas consequências. Tinha barba por fazer, tattoos old-school no braço e um pau enorme. Ele e Princess se encontravam apenas nos verões em Saint-Tropez e faziam o tipo de sexo que a pessoa busca no HD mental quando se masturba.

Caminhava para a mesa enquanto Renato, eternamente adolescente no alto dos seus 25 anos, dava risadas nervosas e dizia baixinho "tá chegando... quase... quase...". René chegou por trás de Princess e passou os dedos em suas costas até a nuca, um gesto carregado da mais maldosa das intenções. Ela sentiu o calor de sua mão e a pressão certa dos dedos mostrando a inevitável sexualidade subjacente ao toque dele. René conhecia bem a química que tinham e a memória afetivo-sexual que aquele gesto desencadearia. Princess virou fingindo surpresa e um leve desinteresse, como se não soubesse que ele estava ali.

"Não tem mesmo como fugir de você aqui, né?", ela disse, fingindo desgosto e logo rindo, baixando os olhos e tomando mais um gole de seu vinho.

"Não é? Mesmo escondida aqui no meio do Les Palmiers eu te encontrei."

O resto da mesa assistiu de camarote ao início daquele jogo enquanto os dois mantiveram o olhar fixo um no outro alguns segundos a mais só para solidificar o que já sabiam que aconteceria mais tarde.

Princess e os amigos jantariam no L'Opera e quando já fosse tarde e todos estivessem bêbados, indo embora, sobrariam só os dois em uma das mesas do restaurante vazio. Ele dispensaria os funcionários e buscaria atrás do bar uma garrafa de Dom Pérignon. Quando estivessem lado a lado, Princess adiaria o momento do beijo, torturando René, que estava morrendo de tesão desde o momento em que ela havia chegado e se sentado, cruzando a perna e deixando aparecer displicentemente a cinta-liga com aquela meia 7/8 apertando de leve sua coxa. Claro que ela teria tudo planejado, achava a sedução premeditada muito mais divertida do que a espontânea, que julgava própria dos adolescentes e de pessoas sem criatividade. Então ela abriria as pernas devagar, deixando-o passar os dedos na parte interna de suas coxas, ambos sem desviar os olhares um do outro. Ele avançaria com os dedos mais perto do meio de suas pernas e sentiria a calcinha de renda transparente molhada. Ele sentiria seu pau endurecer mais ainda e resistiria à tentação de afastar a calcinha dela com os dedos, ficaria olhando para os lábios por entre a renda úmida transparente e passando a mão por fora, numa fricção constante que quase faria Princess gozar. Essa talvez fosse a melhor das características de René: ele dava às coisas o tempo certo. Com aquele ritmo sem ansiedade, prolongando o que outros fariam em menos tempo, ele conseguia criar o relaxamento necessário para a entrega e o abandono das faculdades críticas. E ela daria um suspiro meio gemido, tiraria o vestido deixando os peitos grandes à mostra, com marquinhas de biquíni de tantos dias de sol, e eles balançariam de leve com o movimento da roupa sendo tirada, e falaria sussurrando, com o olhar cheio de desejo: quero dar pra você assim, só de cinta-liga. Não era possível tirar a calcinha sem tirar também a cinta-liga, que prendia a meia que vinha até o alto das coxas. Então ele sumiria por um minuto, e quando voltasse, Princess estaria de quatro em cima do banco de madeira do restaurante. A luz indireta delinearia seu corpo, que de longe lembraria a perfeição sinuosa dos quadrinhos de Milo Manara. Ele voltaria da cozinha e pararia no marco da porta de longe, com uma grande faca na mão, observando-a em silêncio. Ela o olharia com uma cara de safada e ele caminharia com aquele sorriso que fazia com que as mulheres dessem risadinhas nervosas, mas ela não, ela o encararia como que o desafiando para um duelo. E sustentaria o olhar desafiador até o fim, mesmo tão entregue ao prazer. Isso o deixaria louco, como sempre. René adorava a ideia de domar uma mulher tão arrogante como Princess, adorava mandar nela e vê-la, com aquele ar superior, perdendo o controle. Ele chegaria bem perto, ainda todo vestido, e iria seguindo com a ponta da faca muito leve o caminho da luz que a delineava, passando pela nuca, pelas costas, depois por aquela curva que antecede a bunda que ela havia empinado mais ainda. Ele cortaria com gestos rápidos as laterais da calcinha com a faca afiada, jogando a lingerie para o lado e deixando o caminho livre para ele. Acariciaria devagar toda a pele molhada e enfiaria um dedo no cu e outro na buceta, num estímulo duplo que não dava a possibilidade de ela não sentir prazer. Os dedos encharcados com a excitação dela, a palma da mão em contato com toda a superfície da buceta, pressionando o clitóris. Viraria a faca na outra mão e encostaria o cabo grosso de madeira no cu de Princess. Ela sentiria um arrepio estranho, um misto de medo e desejo, e prenderia a respiração por um instante, na expectativa. Ele afastaria a faca e ficaria observando a bunda dela naquela posição de quatro. Princess tinha uma bunda muito bonita, despretensiosamente obscena, daquelas que não precisavam da nudez para excitar o olhar, que pulavam aos olhos, parecendo se destacar do resto do corpo magro. O tipo de bunda que as pessoas olham mesmo sem querer. René afastaria as nádegas dela e lamberia seu cu com uma delicadeza molhada que soaria como tortura para Princess, trêmula de tanto prazer. Ele exploraria cada reentrância da superfície com sua língua, enfiaria um pouco, logo voltando a lamber. Então ele voltaria com a faca e colocaria com cuidado o cabo na entrada, enfiando aos poucos naquele ritmo tão exato, dominando a situação como ele sabia fazer tão bem. Ao mesmo tempo, com a outra mão, continuaria a masturbando, deslizando os dedos em círculos por toda a buceta cada vez mais molhada, sentindo o clitóris inchado, acelerando o ritmo gradualmente. Princess, cada vez mais ofegante, gemendo cada vez mais fundo enquanto René metia cada vez com mais intensidade aquele cabo grosso. E Princess gozaria, tremendo, suada, entregue.

E isso seria só o início da noite.

Versículo terceiro

Faltava um escritor no meu currículo, pensei. Sim, intelectualzinho da Vila Madalena, frequentador da Merça, essas coisas. Pois eu estava lá, justamente na Mercearia São Pedro, sentada, comendo um pastel e tomando uma cerveja, incomodada com a luz excessivamente branca e fria. Enquanto alguém na mesa falava sobre Roberto Bolaño — e tive preguiça demais de dizer que eu o achava superestimado —, fiquei pensando por que eu, sendo escritora, nunca tinha transado com um escritor. Parecia estranho, mas ali concluí que fazia todo sentido: eu odiava transar com gente que pensava demais. Muita racionalidade me deixava apavorada. Por isso evitava escritores.

Sempre que me via com um homem intelectualmente bem dotado eu ruminava hipóteses sobre o que ele, com aquela cabeça pensante, estaria achando de mim. Ou, claro, que expectativas ele teria em relação a mim. Cabeças pensantes pensam demais, portanto sempre criam expectativas que geralmente não são abertas para a coisa em si, uma vez que essas mentes antecipam situações: quando a coisa de fato acontece, essas cabecinhas já viveram aquilo inúmeras vezes em sua imaginação, logo a chance de a realidade frustrar suas fantasias ideais é muito grande. E eu não lido bem com a ideia de frustrar as expectativas de alguém, muito menos sexualmente.

Seguindo essa linha de raciocínio e dada a minha inabilidade para lidar com a racionalidade alheia, a pessoa ideal para estar na minha cama seria talvez um homem muito simples & rústico, algo mais próximo de um personagem do Jorge Amado que de algum protagonista do Paul Auster, perdido em devaneios existenciais. Tipo um cara que conduzia um barquinho em Koufonisia, uma ilha grega minúscula e não hypada para onde fui ano passado. Ele tinha morado naquela ilha a vida toda, não tinha sofisticação intelectual nenhuma, estava tão mais próximo da natureza, de alguma espécie de animalidade arquetípica, que mereceu muito que eu desse pra ele. Lembro até hoje como um dos melhores sexos da minha vida. Mas, como não tinham homens desse tipo por aí, eu acabava ficando com uma classe intermediária: os roqueiros. Esses tipos de músicos não têm a simplicidade dos tais homens mais rurais nem são desprovidos de intelecto, mas têm uma certa displicência existencial que se aproxima desse clima não pensante. É uma existência mais relaxada.

"O que você está pensando com esse olhar aflito, C., minha dama do cabelo rosa?"

Era o Paulinho, 40 anos, grande amigo e escritor considerado gato (intelectuais geralmente não são muito gatos, então se tem um que é médio-gato ele logo é promovido injusta e erroneamente a megagato), e o cara do momento dos cadernos de cultura. Tinha sido capa da "Ilustrada" naquele dia com seu livro recém-lançado, e esse era o motivo daquele encontro com mesa cheia naquele local de luz fria.

"Eu? Eu estava pensando que eu preferia trepar com um cara ignorante do campo do que com um escritor que fala sobre o último livro do Bolaño usando expressões como 'o *ethos* do protagonista'..."

A mesa toda explodiu em risos porque quem estava havia dez minutos ininterruptos falando sobre o *ethos* do protagonista do último livro do Roberto Bolaño era, justamente, o Paulinho. Ele riu e falou que ia me punir me obrigando a virar uma dose de tequila com eles. Eu disse que odiava tequila e que ele sabia. Ele argumentou que era incoerente uma moça que é tão fissurada no tema sadomasoquista como eu negar uma punição. Respondi que não era fissurada, apenas tinha escrito um livro sobre o tema. E virei a porra da tequila.

A verdade é que eu gostava muito deles. Mas não para transar.

"Conta do livro que você está escrevendo, C.", me pediu Paulinho.

"É sobre o ponto de demência. Quero levar os personagens a encontrar esse ponto, a chegar no limite deles. Não vou contar mais porque seria spoiler." Mas expliquei que tinha partido daquele conceito do Deleuze. Todos na mesa se mostraram muito interessados no tema, ficaram naquela punheta intelectual, cada um filosofando mais profundamente sobre o assunto e começaram a discutir qual era o ponto de demência de cada um. Depois da pergunta inevitável — se teria muito sexo nesse livro como em todos os meus outros —, quiseram saber qual era o meu ponto de demência. E eu respondi: "Eu sempre me apaixono pelos meus personagens."

Foi ficando tarde, todos bêbados demais, era aquele momento que alguma mudança precisava ser sugerida. Alguém falou de uma festa na casa do amigo de um amigo que estava rolando ali perto. E topamos essa roubada que então nos pareceu a melhor das ideias.

Subimos de escada os três andares de um prédio na rua Purpurina. Meus pezinhos, que não foram feitos para as ladeiras da Vila Madalena, muito menos para subir de escada prédios sem elevador, já doíam equilibrados no salto. Entramos num apartamento antigo mal decorado, com poucos móveis e umas pilhas de livros no chão. O som parecia Hendrix, mas não era. Tentei identificar o que seria, era muito bom. Pensei em pegar o iPhone e descobrir no Shazam, mas lembrei do personagem hipster do último filme do Noah Baumbach que dizia: "Não procure, vamos ficar sem saber." Fiquei sem saber. Achei divertido.

O cenário todo me lembrou uma instalação do Oiticica, com balões estourados no chão e pessoas cheirando sobre capas de discos de vinil. Fiquei um pouco irritada com aquela cena. Fazia um ano que eu não cheirava e não pretendia voltar, já estava preparando meu futuro como uma velha hippie e reclusa, tipo Hilda Hilst, não só pela inspiração, mas porque essa hiperatividade histérica de São Paulo andava me causando uma certa repulsa. São

Paulo é uma cidade ativa, nada passiva, ela te enfrenta, dialoga com você, impõe um ritmo. Às vezes, bater de frente com ela faz você se sentir exausta como se tivesse nadando contra a correnteza de um rio. E eu andava me sentindo assim.

Quando vi, lá estava eu sentada num pufe de couro vermelho na casa de alguém que eu não conhecia, fumando um e tomando vinho tinto enquanto alguém me convencia a provar uma cachaça do norte. Em São Paulo sempre tem alguém do norte ou nordeste envolvido, é cool para um paulistano. "Nossa, que cachaça boa", eu deveria dizer. Alguém me ofereceu pó pela terceira vez. No, thanks.

Olhei ao meu redor e vi entrando pela porta um quadrinista gato, que era quem eu pegaria se não houvesse o impedimento a seu lado, sua namorada. Desânimo. De um lado um escritor falando de forma excessivamente empolgada sobre Borges, e do outro, uma menina meio mala que fazia aquela linha olha-eu-digo-o-que-penso--mesmo-sabe, opinativa demais. Não suportava gente assim. Estava estragando o momento. Daí tive a incrível ideia: "Gente, eu pre-ci-so provar essa cachaça nordestina, você vai ter que me fazer uma caipirinha", falei. Ela se empolgou e foi pra cozinha. Me deixou com o escritor e uma morena bonita que sentou com a gente, ambos dando incessantemente em cima de mim.

Eu e minha natureza orgiástica sempre atraindo essas energias dionisíacas — quando isso ia parar, meu Deus? Comecei a falar sobre uma palestra do Jameson a que tinha assistido. A dialética da onipresença do espaço. A

23

inexistência da temporalidade. Vivemos apenas o presente, não existe mais o passado e o futuro — onde isso vai dar, hein? A partir daí emendei com uma teoria minha, sobre a genealogia do hype, que além de não ter conexão nenhuma com o papo da palestra também não conectava com aquela gente que não tinha nada de hype. Mas achei que era prudente emendar um assunto cabeça no outro, porque quando eu estou bêbada a palavra "prudência" adquire significados curiosos para mim. Então me veio um lapso de sanidade e felizmente parei com aquele papo. Prudência my ass, pensei. Essa galera querendo me comer e eu falando do Jameson.

Acontece que a tal morena era do tipo que não usa maquiagem. E eu, uma mulher que usa cílios postiços. Ela tinha um moleskine e ficava desenhando. Hippie pra caralho. Havia ali uma divergência estética que ia acabar culminando num gap ideológico entre a gente, percebe? Ela não podia participar daquilo. Do desejado ménage, no caso.

E também, preguiça de ménage, viu... Aquela falta de foco toda que rola, não estou mais nessa fase, chega. E enquanto eu pensava isso fui subitamente agarrada pelos dois ao mesmo tempo, não tive alternativa a não ser sucumbir àquela putaria. Nesse momento chegou a menina mala com a caipirinha com a cachaça do norte, viu o que tava rolando e felizmente teve a decência de sair.

Digo que vou ao banheiro e me escondo lá pra escrever para a Carlinha, a amiga que estava comigo na Mercearia: "KD? Me salva."

Os vizinhos começaram a reclamar. Carlinha chegou completamente bêbada, virou uma dose da tal cachaça comigo e tivemos a genial ideia de levar o povo que tinha sobrado ali para um after na minha casa. Se os vizinhos ali estavam reclamando, por que não? E foi então que embarcamos na roubada número dois da noite.

Chegando no meu apartamento, as pessoas começaram a se espalhar, se sentindo à vontade de um modo que me irritou muito e me lembrou por que eu nunca gosto de fazer festas em casa. Odeio gente que se sente íntima e que vai entrando na cozinha, nos quartos, vai pegando os livros. E quando a palavra "livros" passou pela minha mente nesse rápido raciocínio odioso, vivi um momento de tensão máxima: me lembrei aterrorizada dos livros do Paulo Coelho que eu tinha lido na adolescência e dos quais não me desfiz na última mudança, nem me desfaria, tenho fobia de dar livros. Eles ficavam escondidos num armário da área de serviço, tipo isolados dos Nietzsche, Schopenhauer e Houellebecq. Morria de medo de morrer e alguém achar — imagina? Ela lê Paulo Coelho!, diriam. Era mil vezes pior do que se abrissem a gaveta dos vibradores.

Fechei a porta da cozinha, just in case, tirando dali a Carlinha, que estava se agarrando com o Mauro T., um cantor carioca que tinha chegado junto com outra cantora carioca, que, por sua vez, estava num canto da sala com o Paulinho e com uma outra menina com cara de gente normal, do tipo que faz aula de zumba na academia. Sentei com eles na frente do sofá emendando um papo sobre nada, aqueles que as pessoas têm quando cheiram e/ou bebem e parecem os mais interessantes do mundo no momento, mas que no dia seguinte, quando/se lembrados, não fazem sentido. Daí a cantora ficou meio puta porque eu disse "as cantoras cariocas são todas assim, meio parecidas, meio crespas, né?". Ela ficou incomodada, tipo tendo um chilique, e eu sem entender, afinal não havia nada de errado no que falei, a maioria das cantoras cariocas era realmente crespa, e ela era carioca e crespa, qual era o problema? Eis que surgiu alguém vindo da cozinha com um livro na mão: "Paulo Coelho?"

Versículo quarto

Ele preferia *Vagabundos iluminados*, do Kerouac, a *On the Road*. Já era um bom começo. Quando ela falou que seu apelido era Princess, a primeira coisa que ele perguntou foi "Como a personagem do livro do Kerouac?". Naquele lugar no qual esse tipo de papo era bem improvável, aquela inesperada perspicácia caiu muito bem.

A pista lotada do Les Caves Du Roy era o último lugar de Saint-Tropez onde ela imaginaria ter essa conversa. Mas no penúltimo dia de férias aquele encontro inesperado veio como um prenúncio das coisas improváveis que povoariam a nova fase da sua vida dali para frente.

Princess, num nível de semitédio, pensava se voltava para o barco ou se ficava mais tempo ali. E não estava com paciência pra bêbado puxando assunto na balada, tampouco sentia alguma ansiedade sexual, considerando a transa bem satisfatória que havia tido com René. Então era genuíno o interesse dela no papo daquele cara que tinha um charme aristocrático meio anos 1920, como um personagem de *O grande Gatsby* que a qualquer momento poderia falar coisas como "Fine, old sport, I'll be at the pool". Quando percebeu, estava dando toda sua atenção para aquele desconhecido.

Henrique era o nome dele. Tinha uma espécie de ingenuidade e espontaneidade que anulavam a malandragem de Princess. Fazia com que seu sarcasmo usual desse lugar a uma espécie estranha de espontaneidade, risos fáceis e uma leveza que ela aceitava sem estranheza. Falar com ele era tão bom que dava vontade de mandar o DJ baixar o som. Ele era educado, despretensioso e a abordou não com uma cantada boba ou com algum interesse explícito, mas com uma cumplicidade que não soou ameaçadora. Princess estava no balcão e começou a rir sozinha da cena que Anya e Verônica protagonizavam na pista. Henrique, que estava pedindo uma bebida ao lado, riu também. Achou bonitinho uma mulher linda como ela no bar se divertindo sozinha, tão espontaneamente.

A cena: Anya dançava sensualizando com Verônica na pista, em frente a uma mesa de milionários russos. Elas nem curtiam mulher, mas ficavam quase se agarrando na pista quando viam algum homem interessante. Tática quase infalível, só não funcionava com gays e com os muito hipsters, que estavam acostumados demais com aquilo. Mas não havia hipsters em Saint-Tropez, o que significava que grande parte da festa apreciaria a performance. Ambos riram da cena. No som começava uma música dos Strokes, "Under cover of darkness". Henrique comentou que adorava a guitarra que entrava depois do segundo refrão.

"Essa guitarra tem uma função essencial no todo, é aquele trecho que justifica a existência da música, daqueles que fazem com que tudo que venha antes e depois seja sem graça, sabe? A guitarra ou o synth que às vezes fazem a gente botar a música no repeat só pra ouvir aquela parte."

Princess achou o comentário estranho e ótimo. Ela entendia completamente.

"Sei. Tipo a gaita no final de 'Can't stand me now' do Libertines."

"Isso. Ou aquela hora que entra aquela guitarra de 'Over and over' do Hot Chip."

"Ou o baixo de 'Heart skipped a beat', do XX."

"Por que você entende tanto de música?", Princess quis saber. "Você não parece músico."

"Não sou. Não exatamente. Sou editor de uma revista. Mas tenho uma banda só pra me divertir, toco em algumas festas na noite em São Paulo, mas nada demais. E você?"

"Sou artista plástica. Não é que eu entenda de música, eu entendo de categorias, tenho mania de categorizar as coisas. Por isso esse seu pensamento faz todo sentido pra mim. Incrível."

"Então me conta", ele quis saber, "como você me categorizaria?" E fez uma cara divertida de quem está pronto para ser analisado.

Princess virou o resto de seu whisky e disse: "Se você não tivesse me falado, eu te classificaria como um playboy que trabalha no mercado financeiro e nas horas vagas tem uma bandinha com os amigos tocando coisas coxas como Creedence Clearwater Revival e se acha muito rebelde por isso."

"Que categorias cruéis essas suas, moça estranha. Posso tentar te definir também?"

Ela fez um gesto que dizia "vá em frente". Henrique fez uma pausa dramática antes de dizer:

"Uma rebelde sem causa que usa o sarcasmo como arma pra não deixar ninguém chegar perto. Se formou na FAAP, ainda mora com os pais, que fazem todas as suas vontades, e nunca se apaixonou de verdade porque nenhum homem teve coragem de quebrar essa pose de menina má."

Princess, com um ar divertido, fez um gesto over dramático, como se tivesse levado uma facada no peito. "Quase. E, me conta, você seria esse homem incrível que quebraria essa minha pose de bad girl?"

"Olha, eu não duvidaria se fosse você. Acho que você deveria me dar uma chance. Prometo não tocar músicas coxas do Creedence pra você."

Os dois riram. E houve um silêncio entre eles, apesar da música. Um silêncio confortável, preenchido com um semissorriso de ambos e uma série de pensamentos agradáveis não verbalizados. Era uma situação diferente, uma conexão diferente. Tinha uma vulnerabilidade que surgia e não encontrava resistência em nenhum dos lados. Princess falou que queria fumar e foram caminhando até a área externa. Ela acendeu um cigarro e tragou profundamente, soltando num suspiro.

"Lembrei de outra", disse Henrique.

"Quê?"

"Outra música que tem aquela parte especial que justifica a existência dela. O pianinho do início de 'I get along without you very well', do Chet Baker."

"Boa. Tem também o pianinho do início de 'Ice cream man', do Tom Waits."

"Não conheço essa."

"Sério? Tem que conhecer."

"Me mostra."

"O quê?"

"A música. Vamos sair daqui e você me mostra a música. Prefiro você e Tom Waits do que essa festa chata."

Princess curtiu aquela atitude decidida, afinal macheza era algo que estava em falta nesse mundo em que os homens perderam os arquétipos ancestrais da masculinidade. Puxou Henrique pela mão sem dizer nada e atravessaram o mar de pessoas pra sair do club, que ficava no hotel Byblos, justamente onde ele estava hospedado. Subiram a escada e caminharam em silêncio.

Princess era o tipo de pessoa que ficava confortável com os tais silêncios constrangedores que as pessoas geralmente temem. Não via desconforto nenhum em não falar ao lado de alguém. Sentia que as palavras eram superestimadas em detrimento de olhares, imagens, respirações e os climas decorrentes de tais sublimes formas de comunicação.

Mas não era só isso. O conforto e a falta de ansiedade vinham da sensação de que, embora ela não o tivesse beijado ainda, era como se o beijo já tivesse acontecido. Não só o beijo, o sexo também. Aquilo não parecia preâmbulo para nada. O sexo — contrariando o preceito existencialista de que a existência precede a essência — talvez seja uma das poucas situações na qual a essência pode perfeitamente preceder a existência. Aliás o melhor sexo é aquele que vem como consequência de algo que já existe num plano não denso. Estava tudo ali, tão vivo em potência, que era como se tivesse acontecido. E a possibilidade de ansiedade se dissipou: o jogo já estava ganho. Não, era ainda melhor: não havia jogo.

Entraram no quarto e Princess desceu do salto. Parou na parede com os braços soltos ao lado do corpo, desarmada. E sentiu um frio na barriga meio adolescente, se viu diante de uma experiência nova na qual ela não sentia vontade de incorporar nenhuma persona performática. Estava aberta, queria sentir o que aquela situação tinha para lhe mostrar, queria ver o que se revelaria daquele encontro de duas pessoas. Tão simples, por que não era sempre assim?

Ele afastou seu cabelo para o lado com carinho e firmeza e começou a beijar seu pescoço. E o sexo foi simples, surpreendentemente simples.

Deitados na cama, ele estava por cima, metendo muito devagarinho, olhando fundo nos olhos de Princess e mostrando tanta rendição que a fazia se entregar mais a cada metida. Ela não sentiu necessidade de exageros sensuais nem de gemidos excessivos. Foi um sexo básico, bem-feito, mas os corpos se tocavam, tinha um calor diferente, o prazer estava espalhado: ela não sabia dizer se sentia mais em sua buceta, onde o pau dele entrava cada vez mais duro, ou na cintura, onde a mão dele pegava firme enquanto puxava o quadril dela para mais perto, fazendo o clitóris roçar nele. Ou em seu pescoço, ao sentir a respiração forte dele quase como um toque. Em alguns momentos da transa, Henrique pegava nos pés dela e o contato da palma da mão dele com o pé causava nela uma vontade meio estranha de chorar. O prazer estava espalhado, reverberando. Era um sexo mais silencioso e mais sensorial.

E tinha o cheiro de Henrique. Princess se apaixonou por aquele cheiro. Tinha vontade de afundar o rosto no pescoço dele, de apenas respirar, sentindo vibrar aquela química surreal que acontecia entre eles. Estava integralmente ali, vivendo o presente numa espécie de transe. A mente havia perdido a exclusividade da consciência, o corpo todo estava consciente. Princess sentia a felicidade enquanto ela acontecia e sussurrava mesmo sem precisar sussurrar, como se os fios da teia que consistiam aquele estado pudessem se romper a qualquer momento. E pensou que aquele sexo tinha sido tipo o pianinho ou a guitarra que justificavam a existência de uma composição.

E foi ali, bem ali, que aconteceu: o amor bateu em Princess como um Rivotril, se espalhando por seu corpo em ondas que a tranquilizavam.

* * *

Eram dez da manhã quando Princess voltou para o iate de sua família. Caminhava na rua feliz e leve como se estivesse num clipe alegrinho do Pharrell. Parecia que a vida ao redor não era com ela, flanava e observava tudo com uma resignação nova, sua habitual visão crítica do que a rodeava estava suspensa por aquela hora.

No enorme iate de 42 metros, numa mesa redonda com talheres de prata e louças em diferentes tons de rosa e dourado, sua mãe almoçava com Renato e Verônica, que estavam hospedados ali. Todos falaram ao mesmo tempo, mas se sobressaiu a voz de Renato, gritando naquela afetação gay que ela adorava: "Conta tudo, gata!" Marília Stone, sua mãe, em sua discrição e elegância, sempre tão contida, ria da situação enquanto continuava comendo um steak tartare. Marília se misturava com os amigos de Princess como se fosse um deles, mas mantinha sempre um ar levemente distante. O ambiente livre e feminino havia sido a base da criação de Princess desde a morte do pai, quando ela tinha 14 anos. A ausência de uma estrutura familiar padrão e a presença de uma mãe liberal fizeram com que, naturalmente, as regras fossem subvertidas: era encorajada a questionar imposições sociais e tinha mais liberdade do que a maioria de seus amigos. Fazia todo sentido que ela tivesse se tornado uma artista. Sempre fora incentivada a criar seu próprio mundo, especialmente pela avó, Dominique Stone, figura ao redor da qual a família girava. Princess e Marília levavam o sobrenome de Dominique, formando aquela linhagem de mulheres fortes para as quais a ausência de homens nunca estivera em pauta.

Princess contou que Henrique era editor de uma revista, que tinha uma banda, que era lindo, mas não quis contar detalhes do sexo. Algo inusitado para alguém como ela, que adorava descrever minuciosamente suas transas. Mas o sexo com ele tinha entrado em outra categoria, que Princess não conseguia ainda nomear. Só sentia vontade de preservar, guardar para si, como se o sentimento fosse evaporar no ar se fossem pronunciadas palavras sobre ele. Disse apenas que estava apaixonada, o que gerou olhares duvidosos de Verônica, risos de Renato e um olhar esperançoso da mãe, que se preocupava com a volatilidade da filha, sempre tão insatisfeita.

Princess passou o dia meio boba, com vontade de sorrir, oscilando entre momentos em que se achava idiota por isso e outros em que relaxava e se permitia sentir aquela faísca de plenitude.

À noite, com Anya, Renato e Verônica, foi ao club VIP Room. Na porta, a hostess era conhecida pelos cruéis e arbitrários critérios de avaliação para decidir quem entrava e quem ficava de fora. Milionários, famosos, todo mundo já tinha sido alguma vez barrado na entrada. Mas eles já eram amigos, iam todos os verões havia anos e ela já tinha ido em algumas festas no barco de Princess, portanto não entrar no VIP Room não era uma possibilidade para o quarteto.

Pararam no bar, pediram uma dose de Jack Daniel's pra brindar — "À dolce fucking vita", disse Renato — e Anya puxou de dentro do decote um saquinho com um pó cristalino: MDMA. Distribuíram um pouco em cada garrafinha de água e foram dançar enquanto esperavam o MD bater. Princess foi ao banheiro e na volta achou difícil encontrar os amigos, porque a pista do lugar era giratória, o que demorou para perceber com o efeito do MD começando a aparecer. Entrou com eles no centro giratório da pista e ali ficaram pelo resto da noite.

Sob o efeito da droga, Princess foi tomada pela música e pela sensação tão rara e estranha de viver o presente e, numa rápida consciência que ia e voltava frenética como o loop distorcido do synth da música, pensou que viver o presente só era possível com drogas, até que se lembrou do sexo com Henrique, aquele excesso de presente, e reverberou dos pés até o último fio de cabelo, arrepiada numa corrente elétrica que valia cada minuto da ressaca que teria no dia seguinte, e tudo isso sem a necessidade de se comunicar: ela estava em silêncio, vivendo, sentindo e isso bastava, e então veio aquela onda de calor que se transformou numa felicidade hiperbólica, transbordante, e teve duas ideias geniais para exposições, mas as esqueceu no minuto seguinte ao ouvir uma virada da música, dessas com as quais Henrique certamente concordaria ser mais uma para a estranha lista dos dois, pensou com carinho no DJ, seu amigo querido de todos os verões, e se lembrou de sua mãe, que devia estar um pouco entediada tomando bellinis no barco, pensou em como tinha sorte de estar ali com os amigos que amava, nossa, que amor absurdo por toda aquela gente, como ela não tinha percebido antes a importância deles em sua vida?, e pensou como o cabelo loiro de Anya estava reluzindo magicamente naquela luz, "magicamente", repetiu baixinho, só pra ela mesma, a palavra parecia tão linda, resumia tanto tudo, o mundo cabia naquele advérbio, como a noção de infinito de Blake, tudo um só, tudo infinito e reluzindo magicamente, e ficou repetindo devagar *ma-gi-ca-men-te*, *ma-gi-ca-men-te*, e foi subitamente tomada por um deslumbramento com o vermelho da bebida que Renato estava tomando, nunca tinha visto um vermelho tão lindo na vida, era muito amor, e o vermelho foi a gota d'água: não podia suportar tanta beleza junta. Teve vontade de chorar. E não lutou contra, deixou as lágrimas escorrerem, feliz.

No escuro, com tantas luzes e estados caleidoscópicos de consciência, ninguém percebeu.

* * *

Princess decidiu voltar antes deles. Sem conseguir dormir, subiu pra o fly bridge no topo do iate, e ficou ali deitada, quieta, num estado intermediário entre o sono e o despertar. Quando o barco partiu para a Sardenha ainda era noite, todos estavam dormindo em seus quartos e Princess permanecia ali. Foi só então que finalmente se viu livre pra sentir. Não havia ninguém por perto, podia admitir para si mesma, sem medo, que tinha se apaixonado. Podia relembrar os momentos com Henrique, sentindo o amor e sua inexorável capacidade de transformar todos que o sentem em bobos personagens de novela das nove.

De repente percebeu que estava naquela parte do caminho que adorava, o trecho do trajeto em que não se vê terra em nenhum dos lados, só a escuridão do mar e o céu iluminado pelas estrelas. Sentia-se numa ilha no tempo. E absorveu aquela solidão plena de estar entre dois universos, um vazio inspirador vindo da sensação de possibilidades infinitas.

Versículo quinto

Eram quatro e meia da manhã e eu tinha escrito só um parágrafo, não conseguia sair dele, escrevendo e reescrevendo, parecia não ter fim. Tinha de novo fugido para escrever num hotel, o que já tinha virado uma constante. Minha casa, tão cheia de referências próprias e com tanta carga emocional das minhas vivências, atrapalhava minha ligação com meus personagens, especialmente no início de um livro. Sempre amei a impessoalidade dos hotéis. O prazer de *não ser*.

E tinha o amanhecer em um hotel, que era diferente. Por ter muita insônia, eu vivia tentando diferenciar os amanheceres acusatórios dos não acusatórios. Ter virado a noite sem conseguir dormir num hotel não me deixava culpada, era como se aquilo não fosse comigo. Já em casa, a manhã chega pesada, apontando o dedo na sua cara: e os compromissos do dia?, e o mau humor? É como se todas as coisas que nos definem estivessem ao redor nos julgando.

Sentia o corpo cansado com resquícios do bar e do after da noite anterior. Tive vontade de meditar, mas deu preguiça. Lembrei do processo, eu tentando não pensar em nada e as ideias lutando por sua sobrevivência, se proliferando teimosamente, só de raiva, minha cabeça parecendo um homem-banda e eu acabando a tal da meditação exausta. O Rivotril acabou fazendo o serviço por mim com seu efeito mágico, arrancando minha ansiedade com a mão. E senti aquelas ondas de relaxamento do ansiolítico que faziam parecer que tudo ia ficar bem.

Percebi as palavras no computador perderem o foco de leve. Adoro esse limbo entre a consciência e a inconsciência, um estado intermediário, uma coisa meio o andar 7 ½ do filme *Quero ser John Malkovich*. Era meu estado preferido, esse *entre*. Larguei a escrita e me sentei em frente ao espelho. Tirei a roupa e fiquei me olhando. Não era de uma forma sexual, tampouco crítica, mas de uma forma crua: simplesmente observava. Me sentia acolhida pelo ambiente, luzes indiretas, o chão com um carpete de uma cor que eu nunca botaria na minha casa, as grandes janelas mostrando uma noite vazia e uma rua que saía reta exatamente da frente do prédio, tão direta, tão definitiva.

Coloquei Chet Baker no som. Fiquei me olhando por tanto tempo que meus traços, minhas cores, aqueles fragmentos de boca, nariz, olhos, braços, peitos, pernas já não faziam sentido algum, pareciam não pertencer mais a mim, como se fossem partes de uma estranha. Era como quando eu pensava demais em uma palavra enquanto escrevia ou a olhava por um longo tempo, tentando desconstruí-la, analisar separadamente as letras que a compunham: era como se nunca a tivesse escrito, a palavra perdia seu significado dado, virava apenas uma união de caracteres ao acaso. É o que acontece quando observamos qualquer coisa longamente. Por um instante nos vemos jogados no buraco negro e vazio de nossa existência, o sentido se desconstruindo e a constatação de que, tiradas todas as atribuições metafísicas, não há nada além de fragmentos concretos que não têm lógica alguma. Como as letras, que sem a definição convencional não são nada além de sinais vazios. Esse é o problema em pensar demais; o nexo se dissolve e atingimos uma obscura ignorância numa espécie perversa de lucidez, que mostra a ausência de sentido de tudo.

Uma percepção parecida com a de Kant, filósofo que não trepava, e que, portanto, tinha bastante tempo para pensar coisas como essa: só conhecemos o *a priori* das coisas o que nós mesmos nelas pomos. Sem os sentidos que atribuímos, não existe muito. O centro não é o objeto, é o sujeito. Tudo é versão. Sempre odiei Kant e aquela perversão da moralidade que se pretende universal. Mas essa visão kantiana contida na *Crítica da razão pura* era bem precisa, eu precisava admitir.

Os pensamentos começaram a se embaralhar, reflexões misturadas com lembranças, misturadas com ideias pro livro. Precisava parar de insistir em coisas das quais não gostava, como Kant. E baby carrots. E grupos de WhatsApp.

Foquei na minha imagem no espelho. E então me veio uma frase que me inspirou para um novo capítulo: "Ele oscilava entre a foto e o corpo — e quando focava no corpo sentia uma espécie de angústia por sabê-lo, em espírito, impenetrável, por mais que o penetrasse repetidamente."

Anotei e fui dormir.

Versículo sexto

Henrique olhava a enorme foto na parede enquanto comia Princess de quatro. Sentia arrepios no corpo todo pelo fato de saber que aquela mulher tão provocante e absurdamente sensual da foto era a mesma dona do corpo que ele possuía com tanta voracidade. Sentia a perturbação da perfeição da imagem estática e do simulacro em contraste com a visceralidade do corpo com seus cheiros, texturas e movimentos — como numa espécie embriagadora de dualidade platônica. A realidade e fantasia se encontravam num arrebatamento que transcendia os padrões normais das sensações num ato sexual.

Ele oscilava entre a foto e o corpo — e quando focava no corpo sentia uma espécie de angústia por sabê-lo, em espírito, impenetrável, por mais que o penetrasse repetidamente. A impossibilidade real da posse em contraste com o desejo da fusão.

Talvez ele não soubesse por que, mas olhá-la na foto parecia, de certa forma, menos ameaçador.

Ela era a única mulher sobre a qual ele continuava fantasiando mesmo depois de conquistar. Pensou em dizer isso a ela ali, no ato, mas não disse. Ela, por sua vez, quis dizer (e disse) que ele era o único homem que a fazia gozar naquela posição, mas no meio da frase foi interrompida pelo próprio gozo, levando Henrique ao mesmo ápice. Entre palavras ditas e não ditas, ficaram ali, grudados, sentindo circular uma energia que de tão intensa parecia tangível. Ele a beijou delicada e repetidamente no pescoço, abraçou forte aquele corpo e sentiu uma vontade (que conteve) de chorar.

Ela, hiperativa, se levantou, libertando-se daquela situação tranquila pós-sexo e foi para a sala, chamando-o para tomar uma garrafa de vinho. Ela estava nua, ornando perfeitamente com o caos daquela casa, debruçada na janela do vigésimo andar, tão alheia aos abismos da vida.

"Será que as pessoas desses prédios conseguem nos ver aqui, sem roupa?", ele perguntou. "Espero que sim", disse ela, rindo de um jeito tão lindo e livre que o fez querer congelar aquela cena.

A luz começou a falhar até se apagar totalmente. Era a terceira vez no mês que faltava luz, então ela nem hesitou: pegou fósforo na gaveta ao lado do sofá e acendeu as velas de enfeite na mesinha.

Silêncio. Súbito e longo silêncio.

No escuro, ele foi andando pela sala à procura do violão. Vinho, escuridão e música: não seria tão ruim assim, já que ambos estavam de acordo que dormir não era uma possibilidade. Sob a luz das velas, Princess conseguia enxergar os olhos de Henrique, úmidos, num quase choro, um quase transbordar. Quase, sempre quase. Ela observava aquele olhar tão desprotegido por trás de tanta segurança e pensava no quanto queria entrar naquele mundinho tão complexo e turvo. Enquanto ele tocava uma composição própria que sempre provocava nela uma incontrolável vontade de chorar (e ela chorava, sem quases), Princess pensava no quanto o amava, no quanto o queria sem meias palavras, meios pensamentos, meios amores. Logo ela, tão volúvel, tão insustentável-leveza-do-ser, estava ali, rendida. Não sabia se sentia vergonha ou deleite por essa rendição.

"I could drink a case of you and still be on my feet." Não era essa a música que ele tocava, mas era a letra que vinha em sua cabeça, roubada de um momento passado no qual tais palavras não faziam o mínimo sentido. Mas ali, naquela escuridão tão plena, tudo funcionava: he could drink a case of her and still be on his feet. Henrique não sabia transbordar. O som do violão ecoava pela sala em contraste com o silêncio da rua e ele reparou que era sempre assim quando faltava luz: parecia que também faltava som. Palavras também? Ou seria apenas impressão dele naquele momento, sentindo-se como numa cena pausada de um filme? Porque havia a inevitável imobilidade. Sem luz não se pode ver TV, ler um livro, não se pode fazer nada por minutos ou talvez por horas. Sem luz não há dispersão, subterfúgios. As pessoas param e são obrigadas a conviver com elas mesmas. Ele, com sua vida implícita, e ela, com sua vida explícita, não tinham para onde fugir.

"Sabe o que eu acho?", ela falou, servindo-se de mais vinho. Ele olhou, fazendo cara de "quê?". "Que a gente tinha que parar com esses eufemismos, tipo 'sou louca por você, gosto tanto de você...', entende?" Henrique parou de tocar, suspirou, também serviu-se de mais vinho e, embora quisesse dizer muito mais, só conseguiu dizer "entendo", sem corresponder à óbvia vontade dela de uma maior expressão. O que fez com que ela questionasse, em pensamento, por que se expressar era tão fácil para alguns e tão complicado para outros. Estavam juntos há mais de dois meses, desde aquela noite em Saint-Tropez, e só o que trocavam eram covardes sinônimos para um "eu te amo".

Passaram-se duas horas na imobilidade da falta de luz, entre o violão, algumas palavras faladas ou caladas e o silêncio. A luz do dia amanhecendo começava a entrar pela janela, os barulhos começavam a surgir. Era uma terça-feira. "Nunca vi o dia amanhecer numa terça-feira", ela disse. "Vamos descer então?", ele sugeriu. "Para caminhar, ver como é o dia amanhecendo numa terça."

Pegaram mais uma garrafa de vinho e saíram.

O dia nascia rosa, como um entardecer. Olharam para a rua à frente, a larga avenida Paulista para atravessar. Não tinham rumo definido, apenas sentiam que tinham que seguir. Enquanto esperavam o sinal abrir, ela olhou fundo nos olhos dele, como se quisesse arrancar algo ali de dentro:

"Vamos combinar uma coisa? Quando a gente chegar na metade da rua, ali no canteiro, você me pede em namoro."

Ele riu de leve com o comentário lúdico, quase infantil. Ela completou:

"E quando chegar do outro lado da rua, você pode acabar comigo se quiser."

Carros passavam velozes, barulhentos. A cidade acordava repleta de possibilidades. A vida iminente, a morte iminente. Começaram a andar em silêncio, a respiração sentida passo a passo. Inhale. Exhale. A sensação estranha de não pertencimento ao que havia ao redor, como num mundo paralelo — uma vida interna que de tão sentida vira externa. Ao chegar no canteiro, ele pegou a mão de Princess e perguntou: "Quer namorar comigo?"

Disse isso com seriedade, com densidade até.

"Sim", ela respondeu com um quase sorriso.

Atravessaram até o outro lado de mãos dadas. O dia estava cada vez mais claro, a rua, em poucos segundos, parecia mais cheia e mais distante. Um lixeiro varria o chão em frente, uma velha passava com um cachorro: cenas da realidade que simplesmente destoavam do isolamento do amor que ali acontecia e que por isso nem chegavam a ser percebidas por eles.

"Pronto. Se quiser pode acabar comigo agora", disse ela, ao pisar na calçada. E ao dizer isso, viu nos olhos sérios dele o quase choro de novo — que, naquele momento, se completava pela primeira vez. A lágrima em potência se fazendo em ato. O amor em potência se fazendo em ato, enfim. E entre lágrimas plenas e sentimentos plenos, ele olhou para ela, talvez pela primeira vez sem angústia ou medo — ela, que ali não era imagem estática ou alguma espécie de simulacro —, e falou, enquanto caminhavam rumo a algum lugar:

"Nunca. Nunca vou acabar."

Versículo sétimo

"É preciso tomar cuidado com os prazeres anormais. Eles aniquilam os normais."

A citação de Anaïs Nin estava sublinhada na página arrancada de um livro, emoldurada na parede. Ao lado do pequeno quadro havia mais outros noventa e nove, com a mesma moldura de madeira clara. O que mudava eram as páginas — todas de livros diferentes — e as frases sublinhadas. Os trechos grifados que ocupavam toda a parede não pareciam ter alguma conexão lógica entre si, mas todos eram permeados por uma densa melancolia existencial que os ligava.

Em um deles lia-se uma citação de um livro de Milan Kundera:

"Não. Seu drama não era de peso, mas de leveza. O que se abatera sobre ela não era um fardo, mas a insustentável leveza do ser."

Em outro, um trecho de Octavio Paz:

"Sabedoria e liberdade, vazio e indiferença se resolvem em uma palavra-chave: pureza. Algo que não se busca, mas que brota espontaneamente depois de se ter passado por certas experiências. Pureza é aquilo que fica depois de todas as somas e restos."

A artista era Princess e o sucesso da abertura de sua primeira exposição corria pelos comentários encantados que se ouviam na galeria. Em um canto, com um vestido Dolce & Gabbana preto com bordados barrocos em vermelho e verde, ela concedia uma entrevista a uma repórter explicando o título da instalação, *A possibilidade do eu*. Contava que sempre teve o hábito de grifar trechos das obras que amava e sentia um desconforto quando alguém folheava um livro seu e via o que marcava — se sentia exposta, invadida em sua intimidade. A partir dali começou a perceber que isso se dava porque as ideias sublinhadas, embora fossem de outros, eram as verdades dela no livro, quase uma confissão vinda da identificação. Possibilidades de vida que ela vivia durante a leitura e se extinguiam tão logo a última palavra fosse lida.

"Resolvi fazer algo que radicalizasse essa experiência, que primeiro me afetasse para depois afetar o público: arranquei as páginas mais significativas grifadas dos meus livros preferidos e fui montando essa exposição. Usei esse medo de ser desvendada que vinha quando alguém lia as palavras que eu sublinhava e radicalizei indo no sentido oposto. É como quando o Milan Kundera fala sobre vertigem, em *A insustentável leveza do ser*, sabe? A citação tá ali em um dos quadros. Ele diz que vertigem não é o medo de cair, mas a atração pelo abismo do qual a gente se defende aterrorizado. Quando li isso tive esse insight: o medo de ser desvelada, de me expor, na verdade revelava uma grande atração por isso. Era a minha vertigem, então resolvi me jogar."

"E por que cem quadros? Tem algum motivo especial?", quis saber a jornalista.

"Me inspirei em uma citação do André Gide. Ele diz que o diabo da vida é que entre cem caminhos a gente tem que escolher apenas um e viver com a nostalgia dos outros noventa e nove. Os trechos que grifei são vidas que vivi através das obras lidas. De certa forma são vidas que vivi paralelamente. A diferença é que na arte não preciso escolher uma e viver com a nostalgia das outras noventa e nove, posso ter as cem."

Uma mulher com uma longa e exótica bata indiana em tons de dourado e turquesa com cabelos brancos puxados num rabo de cavalo interrompeu o papo. Os olhos atentos e o olhar firme de um azul vivo reverberante perturbavam e denunciavam tudo menos seus 70 anos.

"Eu sugeri a ela que fizesse também uma segunda parte da exposição, intitulada *A possibilidade do outro*, com páginas arrancadas de livros comprados em sebos, grifados por desconhecidos. Mas parece que minha neta não tem muito interesse no outro", disse a mulher.

"Vó!", gritou Princess e imediatamente a postura de intelectual séria que ela mantinha para a jornalista se desfez. A mulher segura se tornou, pelo minuto daquele abraço efusivo, uma menina, a neta de Dominique Stone. Esse era com frequência o efeito que Dominique tinha sobre as pessoas: sua presença parecia colocar tudo sob uma perspectiva diferente em que o mundo parecia gravitar ao seu redor. Como aquelas pimentas que, se misturadas em demasia numa receita, acabam por enfraquecer ou extinguir os outros sabores. A jornalista a cumprimentou com admiração, comentou que sua tese de mestrado havia sido sobre a obra dela, *Vertigo moon*. Dominique agradeceu com um sorriso cheio de sinceridade, mesmo na sua aparentemente distante altivez.

Vertigo moon era a polêmica obra de Dominique que, no início dos anos 1980, a havia colocado entre as mais importantes artistas brasileiras. Suas obras sempre abordavam o poder feminino sob diferentes prismas. Sua força como mulher e feminista era quase agressiva em intensidade e veemência, mas nada combativa. Era uma amante da lua e seus ciclos. Em sua casa, que ficava a alguns quilômetros de São Paulo, mas que parecia fazer parte de um mundo paralelo, tamanha a excentricidade, fazia rituais que celebravam a lua cheia, período em que sempre menstruava. *Vertigo moon* conectou a forte relação do tema feminino com sua paixão pelos ciclos: por um ano pintou com seu próprio sangue uma obra a cada lua. Após a cerimônia, ela se fechava em seu ateliê e ficava ali pelo número exato de dias que durasse o período, trabalhando nos painéis que compunham a exposição. Abstrações com conotações sexuais que misturavam palavras, lembrando as obras confessionais de Leonilson ou os autorretratos de masturbação de Tracey Emin.

Marília se aproximou de Princess e Dominique, cumprimentando rapidamente a mãe e chamando a filha para outra entrevista. Marília estava duplamente orgulhosa, tanto pelo sucesso da exposição quanto por tudo acontecer em sua galeria. Era como o fechamento de um ciclo: a mãe artista, ela dona de galeria e a filha se enredando também no mesmo labirinto. Já havia desejado que Princess seguisse um caminho mais inofensivo, pois sabia o poder da arte e a intensidade com que ela afetava a vida de uma pessoa. Cresceu vendo Dominique exaltando a arte como algo sagrado, colocando-a acima da filha, de tudo. Mas ali, pela primeira vez, aceitava sem relutância. E lembrou de Dominique dizendo que arte era uma condenação: "Princess já está condenada, Marília. Essa é uma guerra vã, desista."

Dominique a pegou pelo braço, interrompendo seus pensamentos: "Marília, tira esse *shahtoosh*", falou entre dentes, incisiva.

O *shahtoosh*: uma echarpe feita de barba de bode que só se encontrava na Índia e era proibida em outros países. A dificuldade o tornava um dos itens de alto luxo mais procurados pelas mulheres com dinheiro suficiente para comprá-la. Era motivo de briga constante entre as duas. Marília tinha adquirido o seu em Dubai, onde os vendedores guardam o produto proibido numa mala, embaixo do caixa. Ninguém diria que Marília, com aquela credibilidade vinda do tom de voz sempre baixo, da geometria seca da franja reta de seu cabelo chanel e de suas roupas de alfaiataria bem cortadas fosse politicamente incorreta a esse ponto. Dominique, forte defensora dos animais, não entendia como Marília era capaz de tal despautério, e o fato de usar o *shahtoosh* naquele dia tão importante parecia uma afronta.

Talvez fosse inconsciente, mas às vezes Marília deixava escapar, em pequenas rebeldias, sua revolta contra a criação hippie e libertária que teve, como fazer questão de se dizer apolítica, ou se mostrar como uma rica alienada indiferente às questões dos animais e direitos humanos. Mas para preservar o bom clima do evento, tirou o *shahtoosh*. Dominique sempre vencia.

Henrique não se importava com o papel de coadjuvante e circulava discretamente pelos grupos animados, orgulhoso da namorada, incentivando os elogios, ficando ao lado quando era conveniente, dando espaço quando Princess precisava dar uma entrevista ou interagir com algum artista importante. Era o dia dela, e ele compreendia. Princess começava a chamar a atenção na cena artsy paulistana, pessoas especulavam se ela seria a nova Dominique. Henrique via os olhinhos dela brilharem com tanta realização.

Princess entregou sua terceira taça vazia de espumante ao garçom. E de repente teve vontade de *sentir*. De sentir o momento em paz, por baixo do burburinho e da falação que iam ao encontro de seu ego, mas não à essência do que aquilo significava para ela. Atravessou rapidamente o salão cheio de convidados, entrou no banheiro e fechou a porta. Sentou-se sobre a tampa fechada do vaso, apoiou os cotovelos nos joelhos, a testa nas mãos. Fechou os olhos, controlando a vontade de chorar com tanta alegria, mas deixou fluir o arrepio pelo corpo e aquele calor do contentamento, do orgulho de ter tido sua obra compreendida. Então era aquela a sensação de que a avó falava. Glória interior. E era só o começo.

Ter se jogado tinha valido a pena.

Versículo oitavo

A língua de certas pessoas simplesmente vai. Percorre o lóbulo da orelha, explorando os arredores e reentrâncias de uma maneira exata, alternando com os lábios e com os dentes de um jeito tão irracional e instintivamente perfeito que é capaz de suspender a razão de qualquer um. A arte de alternar lambidas, pequenas mordidas com uma passada contínua do nariz nos cabelos e na nuca, chegando ao ouvido e soltando a respiração forte, sussurrando uma putaria certeira. Tudo isso é parte de uma língua que sabe o que faz.

Henrique sentia arrepios com a língua de Princess. Ela passava de leve as unhas em seu peito enquanto descia com lambidas molhadas até seu pau, envolvendo a cabeça com seus lábios e ficando ali por um tempo, mexendo a língua e sugando de leve antes de enfiar tudo. Alternava ritmos até ele explodir gozando bem dentro de sua boca, e ela engolia a porra com vontade, os olhos fixos nos olhos dele. Princess gostava da porra, do sexo sujo, queria se sentir descabelada, suada, com a energia drenada ao fim do ato. Era do tipo que se excitava com extremos, literatura de Georges Bataille, sexo amador no Xvideos, sexo violento no Kink.com, sexo politicamente incorreto na literatura de Nelson Rodrigues, até o sexo sangrento do Marquês de Sade. Ela não tinha limites. E gostava de cheiros, odores humanos e reais, mesmo os não tão agradáveis, gostava da animalidade que era jorrada pelos poros enquanto os corpos se movimentavam juntos. E falava muito durante o sexo, ao contrário de Henrique, que trepava mudo, não expressava quase nada. Princess não entendia como ele conseguia ser tão contido em palavras e se sentia solitária em sua putaria verbalizada — sentia-se como numa peça em um diálogo em que o outro ator esqueceu as falas e ela tinha que improvisar sozinha no palco. Às vezes se resignava, e apenas *pensava* obscenidades, mesmo que funcionasse apenas parcialmente. Na última transa ela estava menstruada, e ao olhar o rosto tão perfeitinho de Henrique, com aquele ar contido, sentiu uma vontade quase incontrolável de sentar sobre sua boca, abrir bem as pernas e esfregar sua buceta sujando aquela carinha com sangue. Faltava uma cicatriz, um defeito, uma palavra inadequada, um estrago. Faltava escatologia naquela alma.

Mas não fez nada disso. Henrique não entenderia a perversão.

Para ela, que tinha essa relação tão aberta e visceral com o próprio corpo (e um trânsito tranquilo entre seu lado dionisíaco e apolíneo), era incompreensível a falta de naturalidade que Henrique tinha com a materialidade.

Ele era excessivamente racional. Isso não inibia Princess totalmente durante o sexo, mas a impedia de confessar algumas fantasias ou a deixava sempre com uma leve frustração.

Não que fosse algo terrível o fato de Henrique ter um *modus operandi* sexual totalmente oposto ao dela: era mais um incômodo constante, que não chegava a ser insuportável, mas nunca deixava de estar ali, subjacente a toda a vida que seguia. Como um carrinho de supermercado com uma rodinha emperrada, que cumpre sua função, não chega a te impossibilitar de fazer as compras, mas você sente uma irritação constante durante o processo, pensando: podia ser melhor.

Princess já tinha tentado trazer o assunto à tona, mas a cada conversa Henrique se mostrava mais racional e o sexo piorava. A mudança seria forçada, portanto ela acabou desistindo e tentou focar nas outras qualidades dele. Não se pode ter tudo, pensava, e era influenciada pelas opiniões de todos ao seu redor, que insistiam no fato de que ele era o homem dos sonhos de qualquer mulher.

Versículo nono

"Por que você aceitou?"

Dominique questionava Princess num julgamento escancarado, sem um pingo de cuidado. Estavam frente a frente na grande mesa de madeira situada na área externa da casa de Dominique. O sol do fim da tarde era amenizado pela pitangueira que cobria a mesa, fazendo uma sombra que possibilitava suportar o calor atipicamente abafado daquele dia de primavera. Tomavam um amargo chá de hibisco e o bolo de cenoura com brigadeiro permanecia intocado, pois a tensão do assunto não dava espaço para prazeres.

Princess respondeu que não sabia o motivo, sentira uma espécie de obrigação, não parecia ter outra saída a não ser se tornar complacente com aquele circo que se criara sem o consentimento dela. Quem disse que ela queria se casar? Por que o sim feminino diante desse pedido parecia tão óbvio? Ela estava insatisfeita, ninguém via isso?

"Você tinha que estar lá pra me ajudar, vó. Me senti cercada, não tinha como dizer 'não'. As caras de felicidade do Henrique, da minha mãe... ele com aquela aliança obscena de tão cara. Se você estivesse lá pra me ajudar..."

"Você precisa aprender isso, Princess: na vida, se você não falar, as pessoas vão se apegar às certezas delas, que geralmente partem de estruturas estáticas do senso comum, de clichês. Claro que Marília, com aquela mente careta, ia achar normal, o Henrique é supostamente o homem perfeito, bonito, rico, bem-sucedido. Mas nós, que vivemos na segunda camada da vida, sabemos que a questão não é essa."

Princess sentia vontade de chorar de ódio dessa confusão na qual, aparentemente, tinha se metido sozinha. Agora, por sua incapacidade de expressar sua verdade, teria que resolver a situação de forma muito mais constrangedora. O que faria? Retiraria o sim? Por que essa dificuldade de dizer "não", de desagradar? Esse fardo feminino que as mulheres carregam de serem irresistíveis, de não irem contra o que esperam delas, maldita herança de outras gerações que elas levam arraigada no superego.

Dominique foi buscar mais chá na cozinha. Princess mordeu sem vontade um pedaço de bolo. Com o vento do entardecer, algumas pitangas caíram em cima dela. Sentiu raiva das frutas caindo, da calda de brigadeiro escorrendo e grudando em sua mão, raiva de Henrique por ter inventado esse pedido que não fazia sentido nenhum para ela, raiva da mãe por ter sido complacente com aquela palhaçada, raiva de si mesma por não ter conseguido ir contra aquilo expressando sua vontade. Dominique apareceu e, sem dizer nada, a abraçou. Sentir a pele, a temperatura de Dominique e aquele cheiro amadeirado e adocicado do perfume da avó teve um efeito imediato em sua angústia, não a extinguindo por completo, mas eliminando por hora o caráter definitivo do problema, lembrando que tal sensação talvez tivesse solução.

Dominique pegou a neta pela mão e a levou para dentro de casa. Passaram pela sala. A parede vermelho-escura era coberta por obras de artistas renomados, quase todos amigos pessoais de Dominique. No centro, a preferida de Princess: uma obra de Tunga, um desenho no qual corpos se misturavam a outros corpos, sendo penetrados por elementos como cristais e dentes. O negativo de uma linha formava o positivo de outra figura, as costas de uma mulher formavam parte de uma taça e essa taça se completava em uma garrafa. A obra sempre havia gerado um fascínio em Princess. Alquimia, transformação, sublimação do corpo. Coisas que ela sentia instintivamente ao vê-la, mas que só foi compreender depois de adulta.

No canto próximo à entrada da biblioteca, pendurada no teto, havia uma escultura de Louise Bourgeois, *Arco da histeria*. Um corpo masculino sem cabeça, em bronze, arqueado para trás, tentando inutilmente tocar os pés, formando um círculo incompleto.

Na biblioteca, livros espremidos em estantes de madeira maciça cobriam três paredes. A quarta era de vidro do chão ao teto, revelando um jardim fechado com árvores. Princess se sentou na chaise longue e Dominique ao seu lado, abrindo certeira em uma das envelhecidas páginas dobradas de um livro de Antonin Artaud.

"Ouça isso, Princess", disse ela. E começou a ler um trecho sublinhado:

"É nesta angústia humana que o espectador deve sair de nosso teatro. Ele será sacudido e ficará arrepiado com o dinamismo interior do espetáculo que se desenrolará diante de seus olhos. E este dinamismo estará em relação direta com as angústias e as preocupações de toda sua vida. Tal é a fatalidade que evocamos, e o espetáculo será esta fatalidade ela mesma. (...) A cada espetáculo montado, jogamos uma partida grave. Se não estivermos decididos a tirar até o extremo a consequência de nossos princípios, estimaremos que a partida, justamente, não valerá a pena ser jogada. O espectador que vem à nossa casa saberá que ele vem se oferecer a uma operação verdadeira onde não somente seu espírito mas seus sentidos e sua carne estão em jogo. Se não estivéssemos persuadidos de atingi-lo o mais gravemente possível, nós nos consideraríamos inferiores à nossa tarefa mais absoluta. Ele deve estar de fato persuadido de que somos capazes de fazê-lo gritar."

Dominique parou de ler e fechou o livro. Princess percebeu que os pelos do braço dela estavam arrepiados. A avó repetiu: "Ele deve estar de fato persuadido de que somos capazes de fazê-lo gritar." O instante de silêncio que se seguiu teve a densidade muda que antecede as palmas, quando as luzes de um teatro se apagam. "Entendeu, Princess? A arte é isso, essa partida grave. E é muito mais importante que a vida. Você é uma artista, você tem um instrumento poderoso nas mãos, você é capaz de fazer gritar. Faça valer seu dom."

Princess ficou para o ritual da lua com as outras sete mulheres que chegaram e só voltou para casa na manhã seguinte. No caminho, dirigindo sem som algum, pensou em tudo que estava nas entrelinhas do que a avó dissera. A segunda camada da vida. O sagrado da arte. Ela era uma artista. Havia questões muito maiores do que as banalidades com que ela vinha ocupando sua vida e seu pensamento. De repente todo o resto parecia desimportante. E ela teve consciência de seu poder de maneira tão perturbadoramente lúcida, poucas vezes sentiria algo assim outra vez em sua vida. Percebia um despertar dentro de si, como se embarcasse num caminho sem volta.

Versículo décimo

Com os olhos borrados de maquiagem preta, ajoelhada ao lado da privada, Princess cheirou uma linha e disse: "Fazer-se amante de todos os belos corpos e largar esse amor violento de um só."

"Quê?", quis saber Verônica, que estava com ela na cabine do banheiro.

"Platão disse isso. No *Banquete*, sabe? Aquele diálogo?"

"Sério que você tá citando Platão nessa situação superadequada?", e estendeu o "u" para sublinhar a ironia.

Princess virou o restinho da vodca com energético que já estava meio aguada de gelo derretido. Abriu a porta da cabine e parou na frente do espelho. Ignorou o comentário de Verônica e seguiu com seu raciocínio articulado, que parecia já ter entrado nela estruturado, junto com a linha cheirada:

"O amor por uma só pessoa é violento porque é possessivo, é estressante, consome demais. O amor por um só limita."

"Amiga, acho que você cheirou demais...", disse Verônica enquanto retocava o batom vermelho no espelho. "E tá assustada com o pedido de casamento. Relaxa, é só isso. Vem." E a puxou pela mão para fora do banheiro.

Pista cheia, no som um rock do Arctic Monkeys. Princess saiu caminhando na frente, eufórica, com vontade de dançar, a cabeça borbulhando, totalmente imersa na segurança e no poder do pó.

Precisava de mais um drink. Verônica se encostou no bar com o cara que estava ficando, Kiko. Bonitinho, no clima desse novo-ideal-de-beleza-masculina, barba, estilinho de roqueiro indie. Tinha uma banda relativamente conhecida na cena paulistana, com letras cabeça e guitarras saturadas, e logo mais subiria para tocar como DJ. A noite era dele e de um outro amigo, ambos jornalistas, daqueles que se metem a produzir e tocar em festas descoladas. Princess sabia que Kiko tinha sido colega de Henrique na faculdade de jornalismo, antes de eles começarem a namorar. Segundo Henrique, ele era "um pseudointelectual que por ter mestrado em antropologia na USP tirava onda de inteligentezinho entre os jornalistas". O que Princess desconsiderou, porque Henrique costumava falar depreciativamente de todos os caras que poderiam despertar algum interesse da namorada. Tinham se visto em alguns eventos mas nunca tinham sido devidamente apresentados. Kiko tinha algo diferente, que a deixava um tanto perturbada, uma mistura de meiguice com autoconfiança. Sentiu uma pontada de inveja quando Verônica o apresentou, o que foi estranho: era uma sensação competitiva de solteira, não de alguém que namorava e uma semana antes havia sido pedida em casamento. Aquele sentimento a lembrou de mais sensações de sua vida de solteira, de como era movida pela necessidade de ser irresistível, de como lapidava a arte da sedução e da conclusão de que aquilo preenchia uma vida, dava sentido a uma existência, assim como dizem que o amor faz.

Princess parou ao lado do casal no bar. Estava linda, exalava a beleza perigosa e sem limites da noite. Tinha beleza suficiente para desestabilizar quem quisesse, e achava isso divertido, a possibilidade de subversão do belo. A consciência do sexo como uma espécie transcendental de poder veio a ela antes que a do sexo como prazer. E sempre havia vivido sua própria teoria hedonista com a maior das convicções, até a chegada de Henrique em sua vida.

Os cabelos ruivos e compridos caíam pelo ombro até quase cobrirem os peitos que estavam perturbadoramente soltos na blusinha branca sem sutiã. Impossível não olhar para ela. E Kiko, obviamente, olhou, rendido antes mesmo de perceber que se rendera. Ela deu oi roçando de leve seus peitos nele, sentindo um tesão absurdo percorrer seu corpo, naquela excitação que as mulheres têm com muito mais frequência do que os homens imaginam, e nos lugares mais impróprios. A excitação que, por ser invisível, dá a liberdade para o tesão fluir sem que ninguém perceba.

Verônica estava bêbada, enlouquecida, não via nada, só dançava na frente deles, como se estivesse numa pista. Princess reparou que Kiko olhava para seus peitos e, num momento que seria constrangedor, se não fosse sensual, riu de leve, mostrando que tinha percebido e gostado. As mulheres sempre gostam. Princess faz parte da geração que levanta bandeiras feministas mas que ainda escorrega em machismos velados, como depositar grande parte da sua autoestima no olhar lascivo de um homem, ver o pau duro de um macho como um troféu que ela merece por seu poder irresistível de sedução, uma prova de sua capacidade. Achava uma sensação absurdamente excitante ter na frente de si um membro involuntariamente rígido por causa do seu próprio poder sexual.

Princess falou algo no ouvido de Verônica, virando-se de costas para Kiko. Deu uma empinada na bunda, roçando propositalmente no pau dele. O lugar estava cheíssimo e, com essa desculpa, quanto mais ela falava com Verônica, mais perto de Kiko chegava, intensificando o leve movimento dos quadris de um lado para o outro, até sentir o pau dele ficar duro. Kiko, atordoado, disse que já eram três da manhã, que precisava tocar. Princess e Verônica ficaram na pista, bem na frente dele, dançando.

"Acho que eu vou embora."

"Como assim, Verônica?"

"Tô muito louca, muito bêbada, sério, preciso ir. Pode ficar aqui, não tem problema, eu pego um táxi."

"Mas e o Kiko?"

"Deixa, ele tem que tocar mais, depois ele liga ou vai lá em casa, sei lá, eu aviso."

Verônica se despediu dele e da amiga. Imediatamente Princess e Kiko se olharam, numa comemoração tácita. Princess subiu ao lado dele, atrás das pickups.

"Vem comigo."

Sem questionar, ele passou o fone para o amigo que estava tocando antes e a seguiu. Saíram do lugar sem o mínimo constrangimento, passando por um pessoal amigo que fumava do lado de fora. Entraram no carro e se beijaram. Ele botou Led Zeppelin no som. Kiko foi levantando a saia de Princess e, devagar, subindo as mãos pelas coxas. Ele não acreditava que estava com uma mulher daquelas, não tinha imaginado nem em sonho, era como se todos os temas de suas punhetas da vida estivessem condensados ali. A primeira coisa que fez foi botar para fora da blusinha aqueles peitos que tanto o enlouqueciam. Foi beijando a boca de Princess e descendo até os seios, que chupou com voracidade, da lateral ao mamilo. Afastou a calcinha dela para o lado, sentindo a buceta toda depilada, e a puxou para deitar com a cabeça em seu colo. Ela colocou uma das pernas em cima do painel do carro, o salto encostando no vidro. Por um instante Kiko ficou só admirando Princess toda aberta para ele, morrendo de tesão, e logo tocou com uma violência deliciosa aquela buceta que escapava na lateral da calcinha pequena. Ele foi direto no ponto tão exato que Princess se sentiu desarmada. Suspirou, entregue. Essa é a grande questão, e Kiko claramente entendia: o homem que domina a arte de tocar numa buceta faz uma mulher dar absolutamente tudo que ele quiser. Essa sensação de gratidão que vem do prazer recebido transforma qualquer mulher na melhor das devassas. Kiko esfregava a mão por toda a buceta molhada, metia dois dedos por um tempo e depois voltava a se concentrar no clitóris. Princess reagia a tanto estímulo com a respiração ofegante, os olhos fechados, e com a boca entreaberta pegou a outra mão dele, chupando lascivamente um dedo. Kiko olhava aquilo pensando na delícia que devia ser ter aqueles lábios vermelhos molhados ao redor do pau dele.

Em nenhum momento Princess pensou no quanto poderia estar magoando Verônica ou Henrique. Ela tinha isolado o sexo de tal forma que ele não se conectava com nenhuma outra área de sua vida, era algo à parte, era a maneira através da qual ela tinha aprendido a se relacionar com as pessoas. E mesmo que de início houvesse alguma espécie de questão moral envolvida, ela já teria sido ignorada. Para Princess existia um momento exato do tesão que, se atingido, era irreversível, fazendo-a pisar em um terreno onde a ética e a moral eram suspensas, e ninguém a tirava dali.

Princess sentia perto de sua cabeça o pau dele estourando de tão duro, o que só a enlouquecia ainda mais. Então montou em cima dele, sentando no pau com uma lentidão torturante. Ficou ali parada, só contraindo os músculos da buceta, sentindo a superfície do membro duro dentro dela e enxergando nos olhos de Kiko o prazer ficando cada vez mais incontrolável. Depois começou a mexer devagar até chegar numa intensidade desesperada, os peitos balançando na boca dele, Kiko dizendo que ela era a mulher mais gostosa que ele já tinha visto, ela sussurrando no ouvido dele "vou gozar". E ao som dos riffs de guitarra e gemidos de "Whole Lotta Love" eles gozaram.

Que trepada absurda, era só o que vinha na cabeça de Princess. O que era aquilo que sentia? As sensações perturbavam. O prazer era causado por Kiko ou pela transgressão em que aquilo consistia estruturalmente, por trair Henrique, que havia duas semanas a tinha pedido em casamento?

"O que você tá pensando?", ele quis saber, vendo a expressão confusa no rosto dela.

"Tava me lembrando de uma coisa que eu disse lá dentro para a Verônica."

"O quê?"

"Uma citação do Platão, do *Banquete*. 'Fazer-se amante de todos os belos corpos e largar esse amor violento de um só.'"

"Sei do que você tá falando, mas essa não é bem a ideia dele. Essa frase era parte de todo um discurso maior que é dito pelo Sócrates, e que depois continua até chegar no Belo em si. Se você parou no corpo, tá perdendo a melhor parte."

Princess olhou pela janela do carro. Estava quase amanhecendo, o céu passava pelo sublime momento de transição. Era só outro dia, mas parecia outra vida.

Versículo décimo primeiro

Nos encontramos por acaso ali na rua Augusta, entre o Bahia e o Inferno, numa madrugada qualquer. Sentada no meio-fio, senti alguém bagunçar meu cabelo e dizer:

"E aí? Quem fez mais pelo grunge, Kurt Cobain ou Marc Jacobs?"

Era ele, com uma piadinha interna do tempo em que éramos casados. Tínhamos nos separado havia 3 meses e não mais nos vimos. Esse é o problema dos finais na vida real: nunca são, de fato, finais. Não é como um romance que a gente fecha quando acaba de ler e fica sem saber o que acontece depois, nem como um dos meus livros em que coloco ponto final e pronto. Enquanto houver vida, sempre haverá um depois.

Fiquei meio sem ação.

"O que você está fazendo aí na sarjeta, com esse copo de plástico na mão, C.?", ele quis saber.

"Tô gata? Tô Kate Moss?", e fiz zoando uma pose como se fosse tirar uma foto.

"Sempre com essa mania de brincar de diva trash", e riu, porque a real é que eu não tenho nada de trash, tenho a porra de um clima aristocrático que não sai de mim nem nos momentos de maior acabação. Ele disse que eu sentada naquela sarjeta estava tipo "o elemento errado no jogo dos sete erros". Eu ri. Parecia mesmo.

"Tô procurando o celular", eu disse. "Não se acha nada nessa bolsa."

Condenação. Foi nisso que pensei quando o vi. E também na inevitabilidade do amor. Embora frequentássemos o mesmo meio, tentava sempre evitar o encontro. Passar pela dor da separação seria mais fácil assim, mas ali ficava claro: estávamos condenados.

Tive vontade de chorar. O fim pesava cem quilos.

"Tá bem?"

"Dentro do possível, sim", mentiu, porque eu sabia que ele não estava bem. "E você?"

"Dentro do possível, sim", menti também.

Busquei o iPhone num gesto rápido para me salvar daquela situação para a qual não estava preparada ainda (será que um dia estaria?). Olhei o Instagram sem prestar muita atenção. Ele bebeu um gole de cerveja e olhou com desejo minhas pernas entreabertas com a minha microssaia. Lembrei da expressão dele quando a gente transava, o olhar tão perturbado de prazer que sempre me enlouquecia. Essa imagem me veio rápido, como aqueles frames pornográficos que aparecem no filme *Clube da luta*, tão rápido que nem dá pra enxergar direito.

"As pessoas tão dizendo no Instagram que a lua tá linda. Não consigo ver daqui."

"Não dá pra ver a lua sentado na calçada da Augusta", disse ele.

"Boa metáfora."

"O quê?"

"A Augusta é um lugar onde literal e metaforicamente não dá pra ver a lua."

"'Boa metáfora...' Você continua igual", e ele riu com um carinho que me fez descontrair cada músculo do corpo tão tenso com aquele encontro.

Por um instante senti como se estivesse em outro tempo, os dois felizes, bebendo em algum bar por aí, entre besteiras e papos profundos, fazendo videozinhos divertidos pra extravasar aquela alegria insuportável.

"Como anda seu 'Livro da Felicidade'?", ele me perguntou.

Como andava meu Livro da Felicidade? Desde a adolescência tenho uma espécie de diário que chamo de "Livro da Felicidade", no qual anoto os momentos felizes da minha vida. Todos os fatos foram registrados por escrito porque eu não confiava na memória, que não é positivamente seletiva e registra as coisas boas e más de uma forma nada lógica. Morria de medo de perder, então escrevia as coisas bonitas num caderno, de modo que apenas a parte boa da vida ficasse eternizada. Era como uma vida reinventada. Lembrei que nessa mesma semana tinha folheado o livro e constatado que a maior parte dos momentos felizes ali registrados envolviam a presença dele. Mas não falei nada. Apenas respondi: "Não tenho escrito muito nele." O que era verdade.

Subimos a rua, devagar. Um mendigo pediu dinheiro, tio do milho ofereceu milho, passamos por uma puta, por dois conhecidos que fizeram cara de vocês-dois-juntos?, esbarramos por acidente num poser roqueirinho que fez piada com o tamanho do meu salto gigante (ao que respondi: "Quer ser purista na Augusta, idiota?"), cumprimentamos a hostess do clube a que íamos sempre juntos, e cogitamos entrar pra ver o show de um amigo em comum, mas achamos que não era o caso.

Resolvemos parar num bar pra comprar uma cerveja. Gente bêbada, gente cheirada, bar onde volta e meia batia a polícia, ponto de encontro das madrugadas dos que não viam a lua. Pobres, ricos, modernos, cafonas, tanto fazia quem você era naquela corrida pra driblar quimicamente o amanhecer.

E ficamos ali bebendo muito — eu whisky, ele cerveja — até as travas serem diluídas e a racionalidade bagunçada. De repente eu olhei pra ele e lembrei de algo que tinha lido num livro da Lionel Shriver, que a verdadeira intimidade era uma desconstrução, uma descoberta progressiva do quão pouco se entendia a pessoa amada, "um desconhecer" que geralmente acontecia no final da relação, quando as pessoas muitas vezes descobrem no outro alguém nada a ver com quem eles tinham se apaixonado. Eu não tinha chegado nesse nível, o que doía, pois mostrava que todas as possibilidades do nosso amor não tinham se esgotado. Eu ainda o via como parte de mim. Mas amor não é suficiente pra segurar uma relação, lição de merda da vida adulta.

Alguém nos empurrou a caminho do banheiro imundo, provavelmente pra cheirar pó. Vimos um amigo em comum e fingimos que não, numa cumplicidade tácita diante da obviedade de que aquela noite era nossa e de mais ninguém. No meio daquela podridão e de tantas energias confusas, ele me olhou pensativo: "Se essa sua intensidade não fosse tão difícil, se essa alminha não fosse tão atormentada..."

Olhei pra ele com uma *ternura* que só poderia ser descrita com essa palavra boba. E disse: "Sabe o que eu queria? Queria ter a sorte de um amor tranquilo."

"Que só existe na música do Cazuza", ele respondeu.

"Existe sim, tem gente que ama em paz. Tá cheio desses por aí."

"Mas você não é feita desse material. Nem eu."

"Esse é o problema. Não existe paz para gente como eu e você."

Ele me olhou de um jeito que me pareceu aquele momento exato que antecede o choro. Mas não chorou. Me abraçou num gesto meio desesperado e real que destoou do momento e daquele diálogo cool & profundo que tentávamos manter.

Ele me amava. E ainda não era tranquilo esse amor. Ficou me dizendo, ainda abraçado, que se perguntava todo dia onde foi que o fim se tornou inevitável. Tinha atingido o limite da sanidade, pirado como se o universo não permitisse que alguém sinta algo assim tão grandioso, como se ele tivesse aberto uma porta proibida e conhecido coisas que não devia. "A vontade que eu tenho", ele me disse, "é de te levar pra um lugar longe de tudo e de todos, queria ficar trancado num quarto só te amando, só trepando, até você ser minha de novo, até eu lembrar quem eu sou e o que estou fazendo na porra dessa vida."

Então foi descendo a cabeça para o lado esquerdo do meu peito e ficou ali em silêncio por um tempo.

"Coração médio agudo em ré maior", ele disse.

"Eu adorava quando você falava isso. Seu roqueirinho louco..."

"O que eu posso fazer se é esse mesmo o tom do seu coração?"

Rimos e ele ficou em silêncio de novo, escutando mais.

"Agora tá mais para mi menor. E ó, tá quase syncando com a música."

"E isso é bom, doutor?"

"Mi menor é um som mais triste."

Fez-se um silêncio carinhoso, que se pudesse ser descrito renderia várias páginas em branco. Porque era o tipo de silêncio que ocupava espaço.

Virei o restinho de whisky e, como se estivesse num filme do Tarantino, me levantei e comecei a dançar lentamente na frente da jukebox. O clima era meio surreal, como se eu estivesse numa fímbria entre o real e o irreal. Lembrei que ele sempre dizia que eu vivia de ficções, vida sempre filtrada através de livros e filmes e filosofias, vida filtrada pela arte. Eu dançava em um ritmo nada a ver com a música e tudo parecia em descompasso, eu, ele, a música, as pessoas ao redor, como num clipe fora de sincronia. Era a vida tentando nos dessintonizar. E, tão kitsch, na jukebox Maysa cantava "Ne me quitte pas...", deixando tudo ainda mais confuso e triste. Sabíamos que aquele era o fim. Nunca seríamos aqueles ex-casais que possuem essa coisa superestimada chamada maturidade, ex-

-casais que civilizadamente se encontram e se cumprimentam olhando para o passado com um afeto insosso diante do que aconteceu. Jamais seríamos uma música que acaba em fade out.

Aquele talvez fosse o último encontro.

A música da jukebox terminou e o silêncio deixou no ar um rastro de continuidade. O que foi estranho: em nossas vidas exclamativas, reticências não caíam bem.

E eu tinha essa mania de ouvir uma mesma música muitas e muitas vezes. Coloquei "Ne me quittes pas" de novo, mas dessa vez não dancei. Parei e fiquei olhando pra ele sem dizer nada. Talvez não tivéssemos mais o que dizer, ou tivéssemos sensações que as palavras não poderiam alcançar. A vida acontecia ali, extrapolando os conceitos, transbordando para muito além da linguagem. Poderíamos continuar falando sobre o fim, mas a palavra FIM nunca conseguiria expressar o efeito, a grandeza daquilo na vida de nós dois. Então nos olhamos por um tempo, imóveis, sem conseguir dar um passo nem para frente nem para trás, presos na eternidade ilusória daquela espécie bizarra de after hours. Pessoas buscando a noite eterna, a gente se segurando no último fio de amor eterno, a manhã invadindo cada vez mais agressiva e inevitável. E a mesma música tocando de novo, de novo e de novo.

Saímos de lá com os restos dos vapores noturnos que se misturavam à vitalidade acusatória dos amanheceres na cidade. Subimos a rua quietos. Paramos num sinal quase chegando na Paulista, de onde eu atravessaria e seguiria para casa. O sinal ficou verde mas, ainda em silêncio, não nos movemos, e logo ficou vermelho de novo. Esperamos. Então ficou verde novamente. E nós ali, ainda imóveis. Vermelho. E ele me deu a mão. Nos olhamos e eu fui soltando a mão devagar, me preparando para atravessar até ter que soltar bruscamente e correr pra conseguir cruzar a rua porque o sinal abriu de novo.

Do outro lado da rua gritei:

"Você tem razão. Não dá pra ver a lua da Augusta."

Ele falou algo que, de longe, não consegui entender. E senti uma melancolia que era maior do que a histeria produtiva das pessoas dentro dos carros que passavam, maior do que a ânsia por uma noite eterna dos seres remanescentes da madrugada da Augusta, maior do que o restinho da enorme lua cheia que ainda dava para ver claramente entre nuvens quando cheguei na Paulista e fui caminhando entre as pessoas, tentando me encaixar naquela engrenagem e naquele tempo que não pareciam fazer mais sentido algum pra mim.

Versículo décimo segundo

Deixaram o carro com o manobrista na esquina da Paulista com a Consolação e entraram no Riviera. Sentaram na curva esquerda do grande balcão lotado e pediram o drink de sempre.

"Olha ali, acho que é ela", disse Henrique, indicando para Princess uma mulher sentada perto da porta. Princess já a havia notado logo que entraram no local. O cabelo rosa gritava em meio às cores neutras do bar. Estava sozinha, tomando algo que parecia um apple martini. Apesar da aparente exuberância, tinha um ar melancólico que lembrava os seres dos quadros de Edward Hopper.

"Ela quem?", Princess quis saber.

"Acho que é C., a escritora que te falei que preciso entrevistar semana que vem. A que escreve sobre sexo, que tá lançando um novo livro... Lembra?"

C. percebeu que eles falavam dela e olhou de volta rindo, com uma expressão bem-humorada de interrogação.

Eles riram também e não viram outra possibilidade a não ser ir falar com ela.

A escritora era eufórica e egocêntrica. Em dez minutos de papo tiveram a sensação de que se conheciam há muito mais tempo. Não havia lacunas de silêncio ou incompatibilidade nos tópicos, e mudavam de um assunto para outro com uma hiperatividade um pouco confusa. C. começou contando algo muito pessoal, estabelecendo uma intimidade imediata daquelas que abre um canal inesperado. Falou que não estava muito bem porque tinha encontrado o ex na noite anterior e tinham passado uma madrugada na Augusta relembrando coisas e "meio que selando um fim que antes não parecia tão definitivo". Por isso ela estava ali sozinha, bebendo e pensando na vida. "Mas nem sempre é terrível quando acontece esse tipo de coisa porque sempre posso colocar num próximo livro, né? Transmuto em literatura e sigo em frente", ela disse. E levantou o copo brindando com eles.

Pediram mais uma rodada de drinks, e C. os fez provarem o apple martini com pimenta e gengibre, ingredientes que ela pedia para acrescentar em todos os drinks que tomava, para desespero dos barmen com suas receitas imutáveis. Ela e Princess riram concordando com o prazer dos elementos que causavam ardência, como wasabi, que ambas gostavam de consumir em quantidade suficiente para trazer lágrimas aos olhos, do contrário não teria graça.

Então C. começou a contar uma história interessante e curiosa, como todas que ela contaria naquela noite. Falava sobre um fim de semana que havia passado em Paris com um ator pornô da República Tcheca, durante o tempo que passou lá finalizando o último livro. Henrique estava encantado, Princess percebia claramente. C. também notava, claro. Seus gestos com as mãos pareciam se intensificar ao longo da narração, adquirindo uma leveza sinuosa que se tornava mais hipnótica a cada instante, seu charme subia gradualmente alguns tons: estava empoderada e ciente de monopolizar seus ouvintes, consciente também da atração que causava especificamente em Henrique, que ria de cada coisa engraçada, se espantava com cada virada na história, feito um cachorro adestrado ou uma marionete ridiculamente conduzida, sem perceber que C. subliminarmente manipulava cada cordinha com maestria.

Antes de se sentir incomodada, Princess sentiu-se fascinada por essa habilidade, essa manipulação tão fluida. Observou os movimentos, as expressões por vezes exageradas, as unhas vermelhas impecavelmente feitas, o desarranjo intencional dos fios de cabelo rosa saindo do coque meio solto e caindo no rosto, os brincos enormes que balançavam quando ela falava, a autoironia que levava o interlocutor instintivamente a rebater com um inevitável elogio mental a ela. Aquela sedução tão estudada, que soava natural e espontânea para o discernimento masculino — inevitavelmente afetado e raso diante do tesão —, naquele momento começou a soar agressiva e até maldosa para Princess. Pensou que as mulheres eram mesmo umas putas. Irritada, intencionalmente se distraiu do monólogo autocentrado da escritora, focou o olhar nos objetos da estante no fim do bar. Uma estátua de coração humano, livros de Proust, Henry Miller, Cunningham, Bataille. Observou um a um, como quem conta carneirinhos para ultrapassar o incômodo da insônia.

Voltou a atenção ao papo quando C. começou a descrever a situação na qual o tal ator pornô a fotografou. Contou que ele colocou Edith Piaf no som, empurrou a cama do quarto para perto da janela, bagunçou os lençóis e pediu para ela tirar a roupa para que o branco do quarto e da cama sobressaíssem. A narrativa era tão rica em detalhes e tão erótica que começou a perturbar Princess a ponto de que ela mal percebeu quando Henrique, empolgado, resolveu pegar o iPhone e gravar "porque aquilo já estava sendo melhor do que qualquer entrevista que ele tivesse planejado com ela". E o papo que seria publicado na revista começou a acontecer ali mesmo.

O ator pornô ficava abaixando a calcinha dela até deixar no ponto exato que ele queria. Passava o dedo na boca dela de forma lasciva, buscando encontrar a medida exata da abertura para obter o efeito da sensualidade que ele desejava retratar. Tirou o lençol de cima dela e C. se viu nua, sentindo a brisa vinda da janela atrás da cama no meio de suas pernas.

"E depois fomos ao Kong. O restaurante com aquela decoração toda moderna do Philippe Starck, cheio de gente discreta e nós chocando o garçom com nossos papos. Eu perguntei a ele o que ele preferia, sexo mais hardcore ou mais leve. E ele me disse: 'sexo com amor.'" Todos riram. "Não é genial?", ela continuou. "O ator pornô que já estava sendo o cara mais cavalheiro que eu conheci nos últimos anos ainda me vem com essa resposta romântica. Ali eu vi que não podíamos transar, que preferia ficar no imaginário dele com o 'quase' que vivemos na tensão sexual das fotos."

Henrique perguntou sobre o boato de ela ter ficado com Sasha Grey quando a entrevistou para seu último livro sobre o poder da mulher como objeto sexual. Em vez de responder, C. desconversou e focou no tema do livro, sua tese do mestrado em Filosofia, o que Princess gostou de saber. C. disse que o insight veio quando foi a uma exposição de Jeff Koons chamada *Made in Heaven*, na qual o artista e sua então mulher, a pornstar Cicciolina, protagonizavam fotos pornográficas. Numa delas, Cicciolina, abaixada e com as pernas abertas, segurava e lambia o pau duro do marido.

"Daí um filósofo amigo meu, analisando semioticamente a imagem, disse: 'Nada nessa imagem é dele, esse pau é dela, ela é a dona desse pau.' Realmente, diante da imagem de Koons em êxtase e entrega, nada na foto parecia estar sob o controle dele. Lembrei ali do que eu sempre falo: quem detém o desejo do outro está no poder. Cicciolina, num suposto papel submisso, quase ajoelhada diante de um homem, tinha ali na mão o controle do poder imediato do erotismo. Me refiro a *poder imediato* porque quando nos deparamos com algo erótico que nos excita, o poder que aquilo exerce sobre nós não passa pela mediação da razão: não controlamos nossos batimentos cardíacos mais acelerados, não controlamos a respiração alterada, a excitação inevitável, nosso corpo reage de forma alheia à nossa vontade e racionalidade. Essa é a beleza do erotismo. E esse é também seu poder subversivo. Então ali o pau duro era a rendição dele, não dela. Essa é sempre a imagem que vem à mente quando vejo algumas pessoas criticando mulheres que se expõem sensualmente em revistas, filmes ou na vida pessoal como se elas estivessem submissas, num papel de objeto. Pra mim é o inverso. Porque ali, como suposto objeto, ela está na posição de sujeito ativo e dominante. Ela detém o desejo, ela detém o poder, o pau é dela."

Princess achou aquilo incrível. Era exatamente assim que ela via as relações homem-mulher, ela apenas não tinha conseguido colocar em palavras. A leve irritação com C. cedeu espaço a um respeito. Até porque enquanto ela falava isso, pareceu assumir um outro registro, como se isso ativasse um outro lado dela e a fizesse esquecer daquela sedução subliminar maquiavélica. Princess conseguiu respirar aliviada.

Henrique perguntou: "Mas e a Sasha Grey?"

C. riu misteriosamente dizendo que ela tinha sido uma das entrevistadas do livro porque materializava muito bem a tese. "E, respondendo à sua pergunta, se eu tivesse transado com ela, claro que não te contaria."

O papo seguiu fluido, os assuntos pareciam não ter fim. Acabaram a entrevista e C. perguntou o que Princess fazia. Ela falou de sua arte.

"Ela tá toda misteriosa com essa exposição, não conta nada nem para mim", disse Henrique.

"Pode me falar pelo menos sobre o que é?"

"É um projeto artístico existencial. Sobre busca e sobre sexo. Vai virar uma instalação chamada *Bitch*."

Os olhos de C. brilharam. Ela analisou Princess com mais cuidado, como se a tivesse vendo pela primeira vez.

Algumas rodadas de drinks depois, quando perceberam que já eram duas da manhã, pagaram e começaram o processo de despedida. Henrique foi ao banheiro, deixando as duas. Princess ainda se sentia incomodada, embora tivesse cedido bastante ao longo da noite. Naquela guerra velada que às vezes acontece entre duas mulheres interessantes, Princess tinha perdido.

C. a olhou rindo de um jeito que parecia estar lendo seus pensamentos e estendeu a mão entregando seu cartão com contatos dizendo: "Acho que devemos nos falar mais."

Princess hesitou na resposta sem conseguir esconder a leve irritação que foi nutrindo por ela ao longo da noite.

"Acha? Por quê?"

"Porque você é igual a mim. Só não percebeu ainda."

E C. saiu caminhando pela avenida Paulista, passos excessivamente firmes do tipo que, se estivessem num chão de madeira, fariam um barulho insuportável.

Bitch #5
24/10

Quero começar o Dia Fora do Tempo ouvindo Nina Simone, eu disse.

Ele achou estranho, perguntou se era algum dos meus rituais loucos, mas expliquei que dia 25 de julho é tipo um dia zero no calendário maia. Os maias acreditavam que o ano acabava no dia 24 de julho e começava no dia 26. O dia 25 é um dia entre o ano velho e o ano novo, como um dia fora do tempo mesmo, tipo um limbo. E eu achava aquilo lindo. Então você vai me pintar no Dia Fora do Tempo?, ele perguntou, e eu disse que sim.

Olhei minhas paredes escritas, janelas rabiscadas, uma existência histericamente estetizada. Senti por um instante um estranhamento que desde pequena me acompanhava, uma espécie de lampejo de distanciamento muito grande, um lapso de loucura ou over lucidez que fazia parecer que aquela era a vida de outra pessoa, e não a minha. Como se estivesse diante de um mundo com códigos misteriosos que eu não decifrava. Mas durava segundos e logo passava. Passou.

A voz sangrada de Nina Simone ecoava no som. Ela cantava "I want some sugar in my bowl", e eu olhava a vista do vigésimo andar, a cidade toda rosa. Diziam que essa cor bonita do céu de São Paulo amanhecendo era fruto da poluição. Fazia tanto sentido, poeticamente. Uma beleza tão grande vir de algo tão trágico. O sentido poético é o único que respeito, pensei. Gostei da frase, precisei anotar e, na falta de um caderno à mão, escrevi com o pincel na tela ainda em branco: "sentido poético". Depois a pintura cobriria aquilo.

Ele nos serviu mais vinho e disse que estava apaixonado pelas minhas reticências, que eu era alguém que vivia nas entrelinhas. Achei bonito porque nunca ninguém tinha me dito isso. Você vive de frases inacabadas, pensamentos que não se completam, ele me disse, inicia um raciocínio e se distrai, esquecendo que tinha começado a falar ou simplesmente se desinteressa, logo emendando uma outra ação como acender um cigarro ou dar mais um gole de alguma bebida ou pegar um papel qualquer e rabiscar algumas palavras referentes a algo que lembrou. Fragmentos de pensamento se atropelando — como alguém pode viver em paz assim?

Quem disse que eu quero viver em paz?, falei rindo pra ele, tão lindo sentado ali no sofá, com uma taça de vinho na mão. Ele foi para cima de mim com aquele charme desconcertante que tinha. Me beijou devagar, como quem ainda tem tempo, com a mão pegando firme minha nuca por baixo dos cabelos. Depois continuou beijando, descendo para aquela partezinha atrás da orelha, que me enlouquecia. Senti sua respiração forte, ele me cheirando com vontade, meio animal, como se quisesse me absorver. E fiquei arrepiada, sentindo uma descarga de energia que em outras épocas confundiria com amor ou something like that. Ele se afastou um pouco e ficou me olhando, só me olhando. Aque-

le cabelo meio comprido e bagunçado, barba por fazer, um quase sorriso, um olhar meio malandro, meio fofo, algo entre a macheza e a vulnerabilidade. De repente fez uma expressão que me lembrou o Lou Reed no screen test do Andy Warhol. E mudei de ideia: Não vou mais te pintar, vou te filmar. Me levantei pra pegar a câmera. Senti que com ele eu precisava captar instantes, era um homem de instantes.

Escorregou do sofá para o chão e se sentou de forma mais confortável, com as pernas dobradas. Acendeu um cigarro e ficou me encarando como se já estivesse sendo filmado, como se tivesse entendido minha referência warholiana sem que eu precisasse dizer nada. Me ajoelhei na frente dele e posicionei a câmera: só olha pra mim, eu disse, expressa o que quiser, só não pode falar. Segurei a câmera com uma mão e minha blusa começou a escorregar no ombro oposto. Eu ficava tão à flor da pele perto dele que o simples roçar da blusa caindo no meu peito sem sutiã me excitou muito. Comecei a olhar a mão dele que segurava o cigarro e aquilo também me excitou, imaginei ele arrancando a câmera da minha mão e deslizando os dedos dentro de mim, sentindo como eu estava molhada. A tensão sexual entre nós era quase palpável. Os minutos se passavam e nós dois permanecíamos ali em silêncio, mudos, os olhares intermediados pela câmera, só se ouviam os sons das nossas respirações cada vez mais intensas. Aquele "quase" era tão perfeito que por um momento pensei que não devíamos realizar nada, porque concretizar o desejo sexual muitas vezes era como colocar um pensamento no papel: perde-se a violência da visceralidade que vem da pureza da ideia. Mas o pau dele foi ficando duro por baixo da calça, aos poucos eu via o volume aumentar e aquela ereção foi o suficiente pra me enlouquecer e me fazer esquecer de qualquer ideia de não me entregar totalmente a ele. Deixei a câmera na mesinha ao lado e fui engatinhando de quatro pelo chão pra chegar aonde ele estava. Sorriu e sussurrou: vem pra mim, Princess. Senti meu coração disparar com o jeito pausado com que ele pronunciou meu nome. E fui devagar, uma mão depois a outra, uma perna depois a outra, olhando nos olhos dele como se fosse a câmera, tudo muito lento, respeitando o ritmo e o tempo diferente que tinha se estabelecido ali.

Toquei no pau dele ao mesmo tempo que o beijei. Depois mordi de leve o mamilo e fui descendo pela barriga alternando lambidas com beijos. Tirei a calça dele com calma e voltei para beijar sua boca. Ele ficou imóvel, me deixando aproveitar. Tirei minha blusa e fui descendo, roçando meus peitos primeiro na boca dele, depois no peito, passando pela barriga, até continuar roçando de leve meu mamilo no pau duro. Olhando nos olhos dele, fui colocando a cabeça na minha boca, primeiro só lambendo, depois chupando e enfiando mais. Eu o sentia cada vez mais duro na minha boca, ia botando bem fundo, e quando percebi que ele ia gozar, parei. Ele me puxou para cima pelo cabelo, com uma violência delicada, a putaria com carinho que eu adoro, me virou rápido com o peito encostado no chão e falou no meu ouvido, com um tom ofegante e descontrolado, você me enlouquece tanto, sua putinha gostosa. Senti minha buceta pulsar, seria capaz de gozar só ouvindo ele falar no meu ouvido. Ele mordeu meu pescoço ao mesmo tempo que levantou mais minha saia. Foi beijando minhas costas e roçando a barba na minha pele até chegar na bunda e falou da minha marquinha de biquíni, que ele adorava. Chupou o próprio dedo, puxou a calcinha pro lado e enfiou devagar em mim, sorrindo ao ver como eu estava molhada. E começou a me chupar por trás, metendo a cara toda, como se quisesse me engolir.

Depois de gozar sentei em cima dele de costas, totalmente nua. Queria que ele me olhasse, que o objeto a ser observado agora fosse eu. Comecei a mexer a bunda bem devagar, quebrando exageradamente o quadril, meu corpo todo numa ondulação guiando uma energia que subia e me deixava quase tonta, a respiração dele ficava cada vez mais forte e ele gozou num gemido gutural que quase me fez gozar de novo.

Ficamos nos olhando com as cabeças bem encostadas, tentando entender tudo aquilo. Aos poucos a gente recobrava os sentidos e o tempo parecia voltar ao normal, os carros na rua, o barulho longe da cidade, como se de repente tivesse voltado o som de uma TV que antes estava no mudo. Lembrei de um trecho de um dos livros de C. que falava sobre os "entressentimentos", palavra que ela tinha inventado pra denominar os sentimentos que ficam nas entrelinhas dos que conseguimos nomear. Tanta vida passa por nós e ignoramos por não saber denominar. Quanta emoção desperdiçada e ignorada por não ter ganhado sua própria definição.

O que acontecia naquele momento com ele era um entressentimento. Decidi que não iria me afligir ou perder o instante só por não saber defini-lo.

E ali, entre tantas indefinições — uma pessoa que existia nas entrelinhas, um dia entre dois anos e entressentimentos não verbalizados —, eu me levantei e comecei a pintá-lo por cima do sentido poético escrito na tela.

Versículo décimo terceiro

Princess: Também gosto do Joe Strummer

C: Quem tá falando?

Princess: Princess

C: Tava me stalkeando no facebook? :)

Princess: haha sim. Adoro a música dele que você postou ali

C: :)

Princess: Desculpa eu ter sido um pouco estranha aquele dia.

C: no problem

Princess: ciúme

C: você não precisa sentir isso. É uma mulher tão interessante

Princess: você também é. Muito.
Por isso o ciúme

C: Eu gosto. Ciúme é quase um amor pelo objeto de seu ciúme. É um entressentimento. O ódio misturado com atração.

Princess: Acho um pouco assustador isso

C: o quê?

Princess: você parece ter controle de tudo. Parecia saber exatamente o que estava causando em mim naquele dia, no Henrique. Uma manipulação assustadora

C: Te irritou porque você também tem essa consciência que tenho, do seu poder sexual. Te incomodou porque você não quer outra roubando sua atenção. Mas você devia tentar entender isso, sofisticar sua sexualidade

Princess: como?

C: meu amor, sou uma mulher que se masturba lendo Anaïs Nin e Bataille. Um ciúme nunca me incomodaria, eu simplesmente transmutaria ele em algo excitante. Você devia fazer isso.

Princess: Então, eu ia te dizer isso. Depois, em casa aquilo me excitou

C: Que parte do que você sentiu que te excitou?

Princess: imaginar você transando com ele. Cheguei em casa com raiva, pensando ciclicamente nisso, nele ridiculamente encantado com você, como ficou. Até que me veio na cabeça a imagem de você transando com ele

C: e o ciúme se transformou em tesão

Princess: isso

C: e o que você fez?

Princess: Transei com ele e gozei pensando nisso

C: Como vocês transaram?

Princess: Por que você quer saber?

C: Porque agora eu tô me excitando com essa história.

Princess: Você deu em cima do meu namorado e acha que merece que eu te excite contando como isso me perturbou?

C: Acho. Você não me usou nas suas fantasias?

Princess: Vou contar. Eu tirei minha calcinha e fui na sala, onde ele tava no sofá, lendo um livro. Tirei o livro da mão dele, disse que tava com muito tesão. Fiquei parada na frente dele, bem perto, encostando as pernas no joelho dele. Levantei meu vestidinho devagar, sei que ele adora quando eu faço isso. Ele foi passando a mão devagar pela parte interna da minha coxa, subindo com a ponta dos dedos até chegar na partezinha entre a perna e a buceta. E ali foi abrindo os lábios até meter um dos dedos. Então ele abriu a calça e tirou o pau duro para fora. Ficou se masturbando e foi chegando com o rosto bem perto da minha buceta. Fiquei roçando minha buceta na boca dele rebolando de leve. E ele me chupando. Ele me chupa muito bem.

C: Como ele te chupa?

Princess: Chupa como se tivesse beijando minha boca. A língua se mexe suave, mas com uma pressão tão exata. Ele coloca todo o meu clitóris na boca e fica dando lambidas rápidas, usando os lábios também. E quando sente que eu tô perto de gozar ele intensifica o ritmo, vai com mais voracidade e só para quando eu gozo. Ele nunca parou de chupar antes de eu ter um orgasmo.

C: E no que você tava pensando enquanto ele te chupava?

Princess: Vinham imagens dele te comendo. E eu olhando.

C: como ele me comia?

Princess: você tava em pé, de costas, apoiada numa mesa. Com a saia que tava aquele dia no bar. E ele metendo em você por trás, puxando sua calcinha pro lado. Imaginar ele gozando com você me fez gozar.

C: Adorei o que você imaginou. E adorei o fato de você ter imaginado isso.

Princess: Me perturbou mas eu achei que devia ir mais fundo nisso que senti, ir até o limite. Por isso tô te escrevendo.

C: Como assim ir mais fundo?

Princess: Vou te explicar. Eu tô fazendo uma instalação. Que vai ser minha próxima exposição. Eu não tô falando pra ninguém sobre isso, mas vai ser a coisa mais visceral e real que eu já fiz em arte. Eu não queria te falar detalhes, mas tem a ver com sexo, vídeos e sensações. Mais minhas do que dos outros

C: o que você precisa de mim?

Princess: Quero que você transe com o Henrique.

C: Com seu namorado?

Princess: sim. E que filme para eu ver. Esse vídeo não vai entrar na exposição, é só para que eu veja e chegue nesse limite que preciso chegar.

C: Você é muito mais louca do que eu imaginei.

Princess: Topa?

C: Por que eu toparia?

Princess: Por que você é igual a mim, lembra?

Versículo décimo quarto

Como faz para criar um pai? O que faz um pai? Qual é o papel de um pai? Contei na terapia que eu estava tendo o primeiro bloqueio criativo da minha vida. Simplesmente não conseguia criar o pai da protagonista. Já estava na metade do livro e não conseguia encaixar o tal pai em nada, já começava a pensar em, sei lá, matar o pai (e resolver a história, a personagem não tem pai, pronto) ou dar um truque, criar um padrasto. O motivo do meu bloqueio era tão freudianamente explicável que eu já saí falando logo a conclusão para que ele não achasse que eu consideraria um inusitado insight perceber que isso tem algo a ver com o fato de eu *não ter* pai. Odeio me sentir óbvia, como alguém que se encaixa totalmente num determinado perfil ou teoria. Me encaixar num preceito psicanalítico, então, me soava tão clichê que violentava minha alminha pós-tudo. Mas depois de tantos anos me analisando com o Rogério eu já conseguia lidar melhor quando reconhecia esses elementos demasiadamente humanos em mim. Talvez essa tenha sido a maior lição que aprendi na terapia: meus problemas não são especiais. Nem os meus nem os de ninguém.

"Mas você *teve* pai, ele apenas morreu quando você era muito criança", ele disse, me corrigindo quando eu cheguei falando que não estava conseguindo criar um pai para a protagonista porque eu não tinha um.

"Sim, foi só modo de dizer."

"E crescer numa família de mulheres, totalmente matriarcal, centrada numa figura materna muito forte pode ter escamoteado isso, mas certamente essa falta está aí em algum lugar, por mais que você negue."

Concordei com a cabeça, não sabia muito o que falar. Lembrei do comentário de um dramaturgo amigo sobre meu segundo livro: "Adorei os personagens, tão vivos que parecia que eu já tinha trepado com eles. A mulher especialmente, uma personagem tão rica. Mas acho que você precisava ter trabalhado melhor o namorado dela, ele some ali, parece que não tem voz na trama."

Aparentemente assim são meus livros: os homens não têm voz e você sente como se tivesse trepado com os personagens.

Falei para o Rogério essa coisa do dramaturgo. Ele olhou pra mim com uma expressão como quem diz "Viu? É o que eu estou falando".

Ficamos quietos e comecei a passar a unha num rasgadinho na poltrona vermelha em que eu estava sentada. Fazia isso sempre nos momentos de silêncio só para ter uma ação e não correr o risco de ser desvendada pelo olhar nos meus dramas não verbalizados. Depois comecei a observar os objetos na mesa atrás do Rogério. Tinha um item novo, uma caixinha de papel machê pintada meio toscamente de roxo e amarelo que me lembrou uma que fiz quando ainda estava no pré. Será que tinha sido feita por um filho dele? Que tipo de pai era? Ele estaria baseando aquelas opiniões em ideias frias de um livro ou teria experiências próprias para comparar?

"Aquela caixinha..."

"O que tem ela?"

"Foi seu filho ou filha que fez?"

"Por que você quer saber isso?"

"Porque me lembrou uma que eu fiz quando era pequena, na escolinha."

"Com que idade?"

"Acho que uns 3 anos, não sei bem."

"Quando seu pai ainda era vivo, então."

"É."

"E para que servia a caixinha?"

"Era dia das mães ou dos pais, não me lembro. Mas era pra dar de presente."

Prendi meu cabelo num rabo de cavalo, outra coisa que eu fazia em momentos de tensão a fim de distrair o olhar dele do meu, que provavelmente estaria entregando minha vulnerabilidade.

"Você se lembra de como era o dia dos pais na escola?"

"Antes de ele morrer não lembro tanto. Mas estou me lembrando agora de um logo depois que ele morreu, a turma toda cantava uma musiquinha que falava de pai, uma homenagem. Eu também. Meio constrangida porque na escola eu não gostava de ter essa diferença, de não ter pai, no dia dos pais isso ficava muito gritante. Daí uma coleguinha disse apontando para mim: 'Ela não pode cantar, ela não tem pai.'"

Rogério ficou em silêncio por quase um minuto. Ri pra quebrar o gelo e o desconforto, fazendo pouco do que contei, como faço com tudo que se relaciona à perda do meu pai. E completei:

"Que idiota a menina, né?"

Ele ignorou o que eu disse, parecia que nem tinha ouvido meu comentário adolescente destoando da seriedade da questão, e falou, como se concluísse uma longa reflexão que devia estar se construindo silenciosamente em sua cabeça:

"Olha, C., eu não quero me meter na trama do seu livro, mas do ponto de vista psicológico, acho que criar esse pai seria uma boa oportunidade de você finalmente lidar com essa questão da falta que você insiste em negar. Não mata o pai no livro, não foge: cria o pai. Vai ser um exercício interessante. Imagina como você queria que seu pai fosse se estivesse vivo. E escreve."

Versículo décimo quinto

O que mais chocou Henrique não foi imaginar o cadáver estendido com o sangue escorrendo como se o corpo tivesse transbordando algo que não cabia mais nele. Nem foi também a imagem dos olhos abertos com a vacuidade e o mistério do corpo sem vida do pai fitando Princess. O que realmente atordoou sua mente depois de ouvir a história foi a imagem daquela única lágrima preta escorrendo pelo rosto dela e a frase: "Ele tinha se arrependido."

À noite ele repassou mentalmente os detalhes que Marília havia contado no almoço sobre essa tragédia. O assunto era tão tabu na família delas, especialmente para Princess, que nunca tinha sido esclarecido para ele. A mãe ainda falava sobre o marido de forma saudosa em alguns momentos, mas Princess, à menor menção ao pai, adquiria um ar sério e contraía as feições num movimento involuntário que contradizia seu discurso indiferente. Henrique sabia do suicídio, mas ela nunca falava sobre o pai. Era como se ele nunca houvesse existido em sua vida.

Não tinha uma história bonita de infância, nunca comentava sobre a falta que ele fazia e nem sequer tinha ido ao cemitério em algum dia dos pais. A indiferença que ela fazia questão de expressar era tanta e tão estranha que ele nunca teve coragem de perguntar detalhes. Mas ficava uma sensação desconfortável, como uma lacuna na intimidade deles. Como ele poderia entender a complexidade da mulher que ele amava se não soubesse mais sobre algo que foi tão significativo em sua vida?

Aproveitou um almoço a sós com Marília para trazer o assunto à tona. Estavam no Spot, que era perto da editora dele e da galeria dela. Tentou fazer parecer um almoço normal e cotidiano entre sogra e genro, mas ficava enrolando no garfo aquele spaghettini gengibre sem ouvir direito as amenidades que ela falava enquanto pensava se haveria um momento ideal para perguntar a uma mulher detalhes do suicídio do próprio marido. Quando ela acabou seu primeiro bellini, ele disse, sem rodeios: "Preciso saber." Era estranho que ele se sentisse mais à vontade de abordar o assunto com Marília do que com Princess, mas de alguma forma ele intuía que a coisa toda tinha sido mais pesada para a namorada, porque era muito incomum uma menina que tinha convivido com o pai até os 14 anos não mencioná-lo nunca. E então ela contou.

O marido sempre teve momentos depressivos que não chegavam a preocupar porque sempre iam e voltavam, dando a falsa impressão de serem ocasionados por circunstâncias externas e não por um problema psicológico. O clima ficava mais denso na família quando ele estava numa das fases ruins. Mas ele se consultava com um psiquiatra e se medicava, e logo a crise passava, portanto parecia um exagero cogitar algo mais sério. Mas um ano antes do dia de sua morte as coisas começaram a piorar, esses períodos passaram a ser mais intensos e menos espaçados. Tentou duas vezes trocar a medicação, mas qualquer alteração parecia piorar o quadro. Numa dessas crises, Princess chegou em casa e encontrou Marília gritando num urro desesperado, numa animalidade que só as situações-limite nos levam a ter. Ela chorava e batia na porta do banheiro do quarto deles. "Ele vai se matar, ele vai se matar", ela dizia. Ele estava trancado no banheiro com uma arma. Princess afastou a mãe e começou a bater na porta. Com seu jeito controlado e firme, gritou apenas uma vez: "Pai, eu estou aqui!" E depois de pouco tempo ele abriu a porta, largando o corpo em cima dela num abraço desesperado, dizendo "desculpa" entre soluços de choro.

Dois meses haviam se passado desde o ocorrido e tudo parecia tão bem que Marília já não achava mais que o marido precisava estar sempre com alguém que pudesse evitar uma besteira. Também não estranhou que ele não quisesse acompanhá-la à festa da Bienal, afinal ele odiava esses eventos das artes. Era uma noite de sexta-feira, e Princess, que na época iniciava uma adolescência agitada, iria na festa de aniversário de uma amiga.

Era cerca de uma da manhã quando Princess voltou pra casa. Subiu devagar os degraus da grande escada de madeira com medo de acordar os pais. Mas ao chegar na metade do caminho ela viu: o pai estava deitado no sofá, sangue escorrendo do peito, olhos bem abertos e uma arma no chão. O braço estendido para o lado e o telefone fora da base. Ele tinha tentado ligar para pedir ajuda. Henrique se controlou para não chorar no restaurante, imaginando os minutos entre o tiro e o arrependimento, a agonia de um suicida que se arrepende e tenta pedir ajuda quando já é tarde demais.

Marília não sabe qual foi a reação de Princess no momento em que a filha viu essa cena horrível. Só contou que quando chegou a viu na frente de casa, ainda com a roupa da festinha que tinha ido, os cabelos ruivos sempre longos escorridos ao redor do rosto e uma única lágrima escorrendo preta por causa da maquiagem, marcando o rosto como a promessa de uma tristeza eterna. E ela disse com um fio de voz, tão fraca e distorcida que parecia de outra pessoa: "O telefone estava no chão. Ele tinha se arrependido."

Henrique nunca contou para Princess que ficou sabendo de tudo. Apenas foi encontrá-la depois com um amor que ela achou desproporcional para uma tarde de quarta-feira, deu um beijo carinhoso nela e disse com uma ternura que poucas vezes ele sentiria de novo na vida: "Eu te entendo. E eu te amo."

Versículo décimo sexto

Princess ouviu o barulho do salto de C. no corredor antes de ela tocar a campainha. Antes de abrir, esperou uns trinta segundos (que pareceram durar uma hora), pensando na possibilidade de aquilo tudo ser uma insanidade. Já não sabia se o pedido feito a C. tinha a ver com sua insatisfação sexual com Henrique, se o intuito era o de fazê-lo sair daquela apatia sexual ou se realmente sua relação com a arte estava transcendendo seus limites pessoais e morais (como deveria mesmo ser, segundo as ideias radicais de Dominique). O que ela queria com aquilo? O que ela queria provar com essa polêmica exposição que planejava quase com requintes de crueldade e que consumia todos os momentos de sua vida nos últimos meses? A relação inexorável entre arte e vida? A impossibilidade da moral? Lembrou de Bukowski, "all the way, all the way, all the way". E abriu a porta.

C. tinha certo desequilíbrio no olhar, um caos convidativo que parecia sempre à beira de algo extremo, uma epifania ou um breakdown. Parecia que tinha uma vida mais interessante, uma existência autossuficiente, um universo ao qual dava vontade de pertencer. E isso de certa forma confortou Princess ao vê-la entrar em sua casa. Aquela segurança fez parecer, de repente, que não havia nada de errado. Sentiu uma espécie de cumplicidade em meio à estranheza da situação. O que provavelmente seria estranho visto de fora, segundo o julgamento do senso comum, pra elas fazia sentido. Princess e C. se conectavam numa zona turva na qual seus pontos em comum (seus pontos de demência?), tão atípicos, transcendiam qualquer questão ética, respondiam a leis que só elas entendiam.

Olhando Princess, C. lembrou das mentalizações das aulas de yôga, das tais partículas de prana cintilando dentro da gente a cada inspiração. Princess parecia aquelas partículas, fremia, reverberava, embora guardasse sempre algo para si, algo que o outro não compreendia. Era o oposto da estabilidade racional e calculada de Henrique. Ali, sem maquiagem, com aquele shortinho curto e a blusa preta de alguma banda cortada deixando a barriga à mostra, ela parecia ainda mais jovem do que seus 26 anos. Parecia mais indefesa do que naquele dia no bar.

C. a analisava calmamente, o que era algo que fazia com frequência: olhar a pessoa dos pés à cabeça e depois fundo nos olhos, ignorando o constrangimento causado pelo contato visual. Não parecia incomodá-la o fato de estar claro que ela estava analisando seu interlocutor e chegando a várias conclusões. Era seu jeito de se apropriar do outro, classificar para então dominar.

Princess se sentou na beira do sofá e a encarou de volta. A dialética hegeliana materializada ali, a luta entre duas consciências de si, se provando a si mesmas e uma à outra através de um combate de vida ou morte. Como é possível submeter a verdade do objeto à verdade do sujeito? Quem era sujeito e quem era objeto?

"Que casa dadaísta", C. comentou, sentando na poltrona.

De fato tudo tinha um ar nonsense dadaísta. A grande janela com as luzes caleidoscópicas da cidade ao fundo, as paredes escritas, algumas telas e computadores na parte da sala que servia de ateliê, as misturas de objetos que a princípio não combinavam, mas que naquele contexto pareciam fazer todo sentido. E, sentada à sua frente, a menina que tinha pedido para que ela transasse com seu namorado e filmasse para assistir.

O chão de cimento queimado completava o cenário e dava um ar de instalação artística à coisa toda. Por um momento, C. se sentiu fazendo parte de uma grande performance. Princess foi até o balcão que separava a cozinha da ampla sala sem paredes e abriu uma garrafa.

"Dom Pérignon para comemorar."

C. riu. Estava gostando cada vez mais daquela brincadeira. Brindaram sentadas frente a frente.

"Como foi?", Princess perguntou, escondendo um nervosismo cuja natureza ela não sabia precisar.

"Foi ótimo. Mas não consegui filmar, ele não deixou."

Princess sentiu uma onda de raiva que quase a fez tremer.

"Como assim? Eu só pedi para que você transasse com ele para que eu assistisse ao vídeo."

"Ele não deixou, o que você queria que eu fizesse? Se eu insistisse mais talvez nem tivesse acontecido nada entre a gente. Mas fiquei curiosa, por que o vídeo era tão importante? O que você planejava fazer com ele?"

Princess explicou. Era a primeira vez que dividia com alguém, além de Dominique, informações sobre sua nova exposição. Não falaria tudo para C., mas a parte que lhe cabia ela decidiu revelar. Por algum motivo se sentia segura. Contou que queria ter o vídeo de C. transando com Henrique para que, ao assistir, conseguisse acessar todos os sentimentos possivelmente reprimidos, para que transmutasse as possíveis emoções nocivas, como o ciúme, em prazer. Faria isso se masturbando enquanto assistisse ao sexo deles filmado, deixando o caráter sagrado do erotismo transformar tudo. E enquanto assistisse ao vídeo filmaria a si própria se masturbando. Queria captar suas reações, olhares, movimentos.

"E esse vídeo seu se masturbando estaria na exposição?", perguntou C., sem saber bem como classificar aquilo tudo que ouvia.

"Sim."

"E os outros vídeos, quais seriam?"

"Esse seria apenas 0,1% de toda a obra. Tem muitos outros que abordam o mesmo tema, mas não vou te contar. Quero que você veja no dia."

"Mas eu não filmei. O que fazemos agora?"

Princess se levantou. Ficou em silêncio, com um olhar inquieto, estava claro que sua cabecinha pensava em algo para resolver essa questão. Foi até a janela, acendeu um cigarro. C. respeitou o hiato no papo, esperou. Estava aberta, de repente sentia um respeito por Princess, pela entrega obsessiva daquela menina para a arte. Ela tinha uma faísca de irracionalidade que causava arrepios. Arrepios bons, como se C. estivesse diante de algo muito grandioso, intangível. Soube ali que faria o que Princess lhe pedisse, fosse o que fosse.

Princess serviu mais duas taças. E falou: "Quero que você me conte com detalhes o que aconteceu. Quero ouvir exatamente como foi o seu sexo com meu namorado."

"Agora?"

"Sim. Quero executar a ideia o mais próximo do que imaginei. Quero que você me conte enquanto eu me masturbo ouvindo. E a câmera me filmando. Assim vou ter o registro que preciso."

De tudo que C. tinha vivido, talvez aquilo fosse o mais insano. Mas disse sim num impulso, sem pensar, como que levada pela onda de irracionalidade de Princess, da amoralidade da arte, da transcendência do erotismo. Disse sim.

Enquanto Princess arrumava a câmera no tripé em frente ao sofá, C. continuou sentada na poltrona roxa de veludo bebendo sua taça e observando detalhes da casa. No lado oposto ao do balcão que separava a cozinha estava a área que Princess usava como ateliê. Uma Super-8 ao lado de câmeras mais modernas, dois computadores Mac com telas enormes um ao lado do outro. Um cavalete com a pintura de uma figura masculina inacabada e o resto de uma frase que só dava para ler o fim. No fundo do ambiente sem paredes, via-se a cama com uma grande foto de Princess atrás. Ela estava gritando, expressão do rosto contraída, boca bem aberta e corpo nu da cintura para cima, com os seios totalmente expostos. Atrás do sofá onde Princess se acomodava havia uma frase em neon da artista inglesa Tracey Emin — "People like you need to fuck people like me" — e ao lado uma fotografia da série *The ballad of sexual dependency*, de Nan Goldin. Era a foto da lateral de um quadril feminino, a saia levantada, com um hematoma roxo em forma de coração. C. achou aquilo lindo e forte. Sentiu um arrepio com tanta verdade contida naquela imagem. Na parede preta da porta de entrada, um Andy Warhol e uma tela de Jonathan Meese. Dinheiro e bom gosto eram uma dupla imbatível, C. pensou. As luzes eram indiretas e as janelas que iam do chão ao teto, transparecendo uma vista vertiginosa da cidade, eram emolduradas por lâmpadas brancas pequenas, como aquelas de Natal que completavam o clima lúdico e irreal do ambiente.

"Pronto", disse Princess sentando bem diante da câmera focada no sofá, pegando um ângulo de cima para baixo mirando em seu corpo. Antes de ligar a câmera e de se tocar, queria entender como tinha sido o início, como C. seduziu Henrique.

C. começou a contar:

"Eu tinha combinado de ir na editora ver com ele quais fotos eu aprovaria do ensaio que acompanhou minha entrevista. Daí fui lá ontem, falei que só podia mais tarde, pra ver se conseguia encontrar ele sozinho. Cheguei quando já era noite, as poucas pessoas que ainda estavam lá foram logo embora. A gente viu as fotos, estavam lindas, eram muito sensuais. Ali já tinha um clima se formando, uns risinhos nervosos. Eu tocava ele como se fosse sem querer, pontuando alguma frase ou quando ria de algo. Chegava mais perto dele para ver de perto uma das imagens, encostando minha perna na dele. Então me levantei, fingi que tava um pouco tímida com a situação. Me virei de costas pra ele e de frente para a janela de vidro. Tirei minha jaqueta de couro e deixei na cadeira. Comentei algo irrelevante sobre a vista, olhando para fora. Henrique estava atrás de mim. Eu tava com um salto bem alto, com uma saia preta muito curta e uma blusa soltinha branca, muito simples, mas que tinha uma lateral mais cavada que o normal. Dependendo de como eu me mexia, ela mostrava um pouco a lateral do meu peito. E eu ficava virando um pouco de lado, mexendo o braço enquanto gesticulava de forma que o peito balançasse um pouco ou apertasse uma parte dele escapando mais para fora da blusinha fina. Então Henrique se levantou da cadeira em que tava sentado e falou que aquela situação junto com meu perfume estava atordoando ele. Eu disse que era pra deixar atordoar, que eu sabia que ele queria me tocar desde a primeira vez que me viu. E ainda virada para fora peguei a mão dele e botei no meu peito, passando bem devagarinho, afastando a blusa para o lado até ele ficar totalmente descoberto. Ele deixou."

Princess ligou a câmera. Puxou seu short para o lado e começou a se tocar. C. continuou:

"Eu sentia a respiração dele acelerar, ainda não tinha tocado no pau dele, mas tinha certeza de que devia estar muito duro. Fiquei só passando minhas unhas de forma muito leve ali na barriga, enfiando só um pouco pra dentro da calça. Ele levantou um pouco minha saia e começou a me tocar por fora da calcinha. Eu fiquei vendo através do reflexo do vidro na minha frente que servia quase como um espelho. Conseguia ver a mão roçando em mim, escorregando pra frente e pra trás até meter os dedos por dentro, afastando a calcinha para o lado e ficar escorregando a mão cada vez com mais intensidade porque eu tava muito molhada. Fiquei olhando no vidro o reflexo do rosto dele, com tanto prazer. Então me virei e a gente se beijou pela primeira vez. Fui abrindo a calça dele enquanto beijava. Lambi minha mão pra molhar e peguei no pau bem duro, comecei a masturbar ele devagar. Ele disse no meu ouvido que precisava sentir meu gosto, que só pensava nisso desde que me viu aquele dia no bar. Então me virou de costas num movimento rápido e me colocou ainda em pé, mas com o tronco deitado na mesa, peito pra baixo, com a bunda empinada. Levantou minha saia toda. Tirou minha calcinha devagar. Se ajoelhou e meteu a cara ali, chupando meu cu e depois minha buceta por trás. Abriu mais minhas pernas pra alcançar meu clitóris e me chupou muito, tão bem. Eu ia gozar e pedi para ele parar e meter. Ele se levantou e meteu bem fundo, direto. Eu enlouqueci com meu peito roçando na mesa fria de vidro e aquele pau quente entrando molhado em mim, com força. E eu pedia 'mais forte, mais forte.'"

A respiração de Princess ficou mais acelerada. Aquela mistura de ciúme com tesão a levava a um nível de excitação muito intenso. Imaginar Henrique esse ser tão sexual com outras pessoas, essa animalidade que com ela não acontecia a deixava puta e ao mesmo tempo muito excitada. E a estranheza, o proibido da situação tornava tudo mais visceral, C. ao seu lado contando detalhes de uma trepada com seu namorado. Aquilo era tão errado, tão pervertido, tão sujo. Princess quase gozou. Mas se controlou, queria esperar o fim. Tirou o shortinho e a calcinha. Ficou só com a blusinha que ela usava pra ficar em casa. Mudou a câmera focando nela deitada no sofá agora. Abriu bem as pernas, colocando uma delas em cima do encosto do sofá. C. continuou:

"Ele gemia no meu ouvido, mordia meu pescoço, minha orelha. Eu rebolava pra ele ver minha bunda mexendo enquanto socava aquele pau duro bem dentro. Então me virei, sentei na mesa e ele ergueu minhas pernas, começando a meter de frente. A gente se beijava enquanto ele entrava cada vez mais, falava que estava uma delícia a minha buceta tão molhadinha. E eu comecei a me masturbar, queria gozar daquele jeito, ele metendo e eu com a perna bem aberta, tocando no meu clitóris. E foi assim que eu gozei. Amei gozar com o pau dele dentro de mim."

Princess já tinha esquecido câmera ou qualquer situação, sua respiração se transformou em gemidos que começaram a excitar C.

"Então eu me ajoelhei e peguei o pau dele que tava latejando de tanta vontade de mim, aquelas veias pulsando. Ele ficou esfregando o pau bem devagar na minha cara, eu dava umas lambidas, olhando bem no olho dele e deixava ele esfregar de novo. Até que abri bem minha boca, botei a língua pra fora e botei o pau ali, ainda olhando pra ele."

Princess deu um gemido forte.

"Meti tudo logo, bem fundo numa chupada frenética e molhada que não tinha como não fazer ele gozar. E gozou na minha cara, eu olhando bem fundo no olho dele e pedindo mais porra..."

Princess gritou, uma expressão de quase dor, se contorcendo de prazer, gozando como há muito tempo não gozava.

C. se levantou e serviu mais Dom Pérignon para as duas, olhando de longe aquela menina sem calcinha deitada no sofá, tão linda e tão perturbada, agora tranquila pós-orgasmo. E pensou que a vida nunca cansava de surpreendê-la com os prazeres anormais. Cheers.

Versículo décimo sétimo

Henrique tinha a chave da casa de Princess, mas raramente a usava, e nunca sem ser convidado. Respeitava o espaço da namorada e sabia que ela tinha uma relação com a própria casa muito peculiar. Mas aquele era o dia da exposição, da tão misteriosa instalação que ela havia guardado a sete chaves. Quis fazer uma surpresa, encontrá-la em casa antes da exposição para irem juntos. Comprou flores e foi encontrá-la achando que ela estaria se arrumando. Mas chegou no apartamento de Princess e não havia ninguém, ela estava atrasada. Resolveu usar sua chave. Deixaria as flores com um bilhete e sairia. Mas ao entrar se deparou com um caderninho Moleskine, dos vários que ela tinha para anotar ideias. A diferença era que esse tinha escrito *Bitch* com caneta prateada na capa, o título da nova exposição. Ele nunca mexia nas coisas dela, sabia o quanto ela prezava aquele espaço. Mas o mistério dessa nova obra o intrigava fazia tempo. Ela não falava nada a respeito, só dizia que era um projeto artístico existencial que misturava uma busca pessoal com sua arte. Por mais compreensivo que fosse, não ser incluído nessa busca o incomodava. Que procura era essa que ele não podia nem saber? Eles dividiam tudo sempre. Pela empolgação de Dominique (a única com quem ela compartilhava detalhes), devia ser algo artisticamente relevante, o que ele achava ótimo, mas a parte pessoal do projeto o perturbava um pouco. A dedicação à obra a havia tornado meio estranha e distante, seu comportamento vinha mudando cada vez mais. Tinha algo ali que estava afastando Princess. Ver um caderno de anotações sobre a exposição era muito tentador. E, num impulso, ele abriu aleatoriamente em uma página.

No primeiro trecho leu:

"Bitch #5
24/10
Quero começar o Dia Fora do Tempo ouvindo Nina Simone, eu disse.

Ele achou estranho, perguntou se era algum dos meus rituais loucos, mas expliquei que dia 25 de julho é tipo um dia zero no calendário maia. Os maias acreditavam que o ano acabava no dia 24 de julho e começava no dia 26. O dia 25 é um dia entre o ano velho e o ano novo, como um dia fora do tempo mesmo, tipo um limbo. E eu achava aquilo lindo. Então você vai me pintar no Dia Fora do Tempo?, ele perguntou, e eu disse que sim."

Henrique ficou confuso, mas respirou aliviado. Parecia ficção. Não sabia exatamente o que temia, mas estava com um pressentimento ruim. Continuou a leitura. Quanto mais lia mais reconhecia nas descrições a casa de Princess, as palavras dela. Até que chegou nesse trecho:

"Mas o pau dele foi ficando duro por baixo da calça, aos poucos eu via o volume aumentar e aquela ereção foi o suficiente pra me enlouquecer e me fazer esquecer de qualquer ideia de não me entregar totalmente a ele. Deixei a câmera na mesinha ao lado e fui engatinhando de quatro pelo chão pra chegar aonde ele estava. Sorriu e sussurrou: vem pra mim, Princess. Senti meu coração disparar com o jeito pausado com que ele pronunciou meu nome. E fui devagar, uma mão depois a outra, uma perna depois a outra, olhando nos olhos dele como se fosse a câmera, tudo muito lento, respeitando o ritmo e o tempo diferente que tinha se estabelecido ali."

Reteve o fôlego. O pensamento parou por um instante, como numa meditação forçada, o fluxo de ideias suspenso como se o corpo impedisse as sinapses de serem feitas pra evitar o sofrimento.

Avançou na leitura. Em outras páginas se viam outros nove relatos numerados, todos muito sexuais e com uma estranha carga de emoção e de envolvimento com as pessoas citadas (essa era a pior parte). Todas as descrições sexuais eram registros completamente diferentes do sexo dele e de Princess. Apavorado, a cada página pensava o quanto não a conhecia. Ela era louca, louca, repetia mentalmente. E o que ela faria com aqueles relatos? Aquela putaria toda viraria o quê? Olhou as flores que tinha trazido e sentiu uma intensa raiva misturada com sensações indefinidas que o acometiam sem que ele tivesse controle. Suava. Se sentia traído, manipulado, bobo. Parou a leitura. Se serviu de água. Sentou de novo para continuar, mas ouviu o barulho de chave girando na porta. Não se moveu. Era Princess. Deu de cara com Henrique segurando seu caderno e com uma visceralidade no olhar que ela nunca tinha visto antes. Ele não falou nada, apenas se levantou, jogou o caderno no sofá e saiu batendo a porta com força.

Versículo décimo oitavo

Bitch era uma exposição perturbadora, resultado da entrega de Princess a um caos investigativo, trágico, dionisíaco. O ambiente era todo preto, e uma grande sala em formato de caixa preta estava posicionada no meio. A pessoa entrava e se deparava com uma confusão de vídeos por todos os lados, teto, paredes, chão, além de sons sobrepostos e um ar claustrofóbico como se não fosse possível fugir daquela poluição visual e moral. Uma ode ao corpo, o sagrado do profano, arte e vida se misturando num espetáculo que afrontava a dicotomia alma e corpo. Num canto um homem vestido de preto batia num bumbo com um som em looping, uma batida abafada e grave semelhante à de um coração. Os barulhos irregulares de gemidos, respirações e falas sussurradas se misturavam com a batida regular e causavam um desconforto. Princess estava em todas as telas em alguma situação sexual envolvendo um homem. Em apenas uma delas estava sozinha, se masturbando num sofá. Era uma exposição absoluta de sua imagem, um espetáculo excitante, obsceno, improvável, inadequado.

Dominique Stone entrou na sala com um orgulho que não conseguia esconder. Princess estava parada olhando sua obra, numa espécie de transe, completamente absorta em seus pensamentos. Ela parecia ornar com a instalação, ali parada, vestida de preto, de um lado os cabelos presos numa trança, do outro soltos e ondulados, um Louboutin preto altíssimo com spikes e um batom vermelho sangue. Dominique a abraçou e lançou-lhe um olhar cúmplice, diferente. Pela primeira vez Princess sentia que a avó a via de igual para igual. Eram duas artistas.

O público começou a chegar e logo a galeria encheu e o burburinho da falação começou. Toda a imprensa especializada estava lá.

Princess tinha transado e se envolvido com nove homens para essa exposição. Não era só sexo. De certa forma, também tinha se envolvido com C. naquela conexão perturbada, o jogo de poder que se estabeleceu entre elas.

E C. apareceu. Entrou sozinha e ficou um longo tempo observando com muita calma a instalação. Achou que não iria se surpreender, uma vez que havia participado de um fragmento daquilo. Mas ficou impressionada com a coragem de Princess. Sentou num canto da caixa preta e ficou olhando. Da outra ponta, Princess vinha caminhando. Sorriu e se sentou ao lado dela. Estava feliz.

"Parabéns, menina maluquinha. Eu esperava muito, mas não esperava isso."

Princess sorriu. Pela primeira vez C. a via com uma leveza no olhar. E continuou:

"'Esse pau é dela', lembra?"

"Claro que lembro. Seu livro. O sujeito é ela, o objeto é quem deseja. Foi essencial para os insights iniciais que eu tive pra fazer essa obra."

"O mais interessante é que tem outros sentidos que você nem sabe ainda, mesmo sendo sua própria criação. Você só vai descobrir depois."

"Como assim?"

"Uma vez o escritor Ernesto Sabato falou, num papo com o Borges, que, quando se trata de arte, os propósitos são sempre superados pela obra. Por exemplo, Dostoievski ia fazer um livrinho bobo, algo patriota contra o consumo de álcool dos russos e acabou escrevendo *Crime e castigo*, sua obra-prima. No fim o artista nunca faz o que tinha se proposto no início, e é isso que torna a arte tão especial. Tem algo ali que sai do nosso controle."

Ao longe viram Henrique chegar com Marília. Ambos estavam claramente odiando a situação, e não faziam questão de esconder. Princess sentiu um tremor por dentro, mas Marília não falaria nada. Fora bem adestrada por Dominique a vida toda, não cometeria o sacrilégio de questionar a liberdade na arte. No caminho até a instalação foi parada por dois conhecidos, mas Henrique seguiu em frente até chegar às duas sentadas no canto direito da entrada da caixa. Fingiu cordialidade, já que C. estava ali.

"Você precisa ir lá na revista pra aprovar aquelas fotos, não esquece de me ligar no início da semana", disse enquanto a cumprimentava.

Princess não conseguiu esconder o estarrecimento. "Mas ela não tinha ido naquele dia que...", Princess interrompeu a frase no meio, olhando para C. assustada, em busca de uma confirmação de que o que ela estava pensando não podia ser verdade.

C. deu uma risadinha que misturava a leveza e o ar vitorioso de quem foi flagrada no resquício da competição tácita entre elas.

"Espero que minha criatividade literária tenha te ajudado na sua obra", disse. E beijou o rosto de Princess, levantando-se e deixando os dois a sós.

Princess olhou a tela que a exibia se masturbando enquanto ouvia o relato. Lembrou das sensações, tão verdadeiras. Mas C. tinha mentido. Toda aquela descrição do sexo não tinha acontecido. O prazer de Princess tinha sido baseado numa mentira. Mas o que era real ali, em meio a telas de projeção, reproduções dela mesma, Henrique à sua frente sem saber o que havia por trás daquelas imagens, ela mesma sem ter certeza sobre o que a motivara em sua busca? A perversão da realidade se dava em tantos níveis. O que não era simulacro afinal, se tudo não passava de versões? Olhava Henrique e não sabia o que dizer. Queria falar algo, mas simplesmente não conseguiu pensar em nada de verdadeiro para expressar.

Versículo décimo nono

Cinco da manhã. Página em branco. Último capítulo do livro. Hoje a insônia é justificada diante do cagaço fundamental que é um deadline para a entrega de um romance. Fiz questão de ficar em casa em vez de fugir para um hotel. Nesse momento final preciso da energia da minha casa, desse caos autorreferente, para cortar os laços com os personagens e voltar pra mim. Quase um ritual. Tanto tempo convivendo com fantasmas, com essas vidas que não existem. O momento do desligamento é muito especial: preciso deixá-los ir embora.

Minha gata preta ao lado me olha como se fosse um ogã num terreiro de umbanda, assistindo ao momento em que uma entidade desincorpora de um médium. Que vibrem os atabaques. Vamos ao fim.

Como termina essa história?

Eles estavam ali, frente a frente, não encontrando nada para dizer um ao outro. Instintivamente iriam para um canto, num corredor reservado perto dos banheiros da galeria. Princess perceberia que Henrique, contradizendo a raiva em seu olhar, tinha uma ereção. Aquele sinal de animalidade amoral causaria nela um tesão imediato: ela tinha achado o ponto de demência de Henrique. O silêncio tenso entre eles, os gemidos ao fundo vindos da instalação e todo o subtexto contido na evidência inexorável de um pau duro a fizeram esquecer por um minuto da exposição e de qualquer outra coisa. E naquele momento ela sentiria algo além do prazer. O que seria mesmo? Talvez amor.

Se Princess fosse uma boa moça, uma boa moça mesmo, ela ajoelharia e chuparia aquele pau.

Mas ela não era.

Então ficaria olhando e esperando Henrique tomar alguma atitude extrema, num lapso selvagem rasgar sua roupa, chamar Princess de vagabunda, dar um tapa em sua cara ou qualquer coisa, qualquer intensidade viva que satisfizesse sua vontade por mais e mais e mais. Henrique poderia empurrar ela para o banheiro e meter com uma intensidade e virilidade nunca antes vistas, jogando toda a raiva e a perversão que ele teria finalmente deixado penetrar através das frestas da armadura de sua racionalidade. E seria o melhor sexo que já haviam feito, Princess sentiria toda sua frustração passada escorrer por sua buceta molhada, gemeria alto, os sons dela em carne e osso se misturando com seus sons gravados nas reproduções da exposição.

Ou ele poderia pegá-la ali mesmo, transar com ela na frente de todos, num arroubo de irracionalidade que passaria despercebido pela patrulha do seu supostamente inabalável pensamento lógico, selando de forma magistral a mistura doentia de arte e vida pela qual Princess transitava tão bem.

O importante é que o ponto de demência de Henrique teria sido atingido. E em qualquer uma dessas situações ele estaria reluzente com a hiperlucidez de quem perdeu a razão. "Le charme de la démence. Le grain de la folie." Abandonando o conhecimento científico e seguro da análise lógica que o emparedava e travando contato finalmente com o que Nietzsche chamaria de certeza imediata da intuição, "anschauung", sem mediadores para aquelas sensações, um conhecimento inédito para ele, a arte fazendo gritar. O olho brilhava com a faísca do inatingível, o sangue corria num fluxo diferente, o coração acelerava, batendo no ritmo da bateria, conduzido, pulsando vivo, sangrando, desperto pela arte e o erotismo, as únicas coisas que destroem a supremacia da razão. Dali pra frente nada seria igual.

Era quase um batismo, era quase sagrado. Ele estaria rendido.

* * *

Meu olho começa a arder de sono, os raios já entram daquela forma acusatória que só acontece quando estou em casa. E me pergunto de novo: por que é tão mais fácil evitar a manhã em quartos de hotel? Amanhã penso no final do livro. Mas a essa altura me parece muito óbvio qual deve ser o título.

Abro o computador de novo, volto para o início do texto e escrevo:

BITCH

Este livro foi composto na tipologia Warnock Pro,
em corpo 11,5/15,8 e impresso em papel off-white,
no Sistema Cameron da Divisão Gráfica
da Distribuidora Record.